POTENTIAL
포텐

POTENTIAL 포텐 5

김민수 장편소설

초판 1쇄 찍은 날 | 2017년 3월 15일
초판 1쇄 펴낸 날 | 2017년 3월 21일

지은이 | 김민수
펴낸이 | 예경원

기획 | 위시북스
편집책임 | 박우진
편집 | 이즈플러스

펴낸곳 | 예원북스
등록번호 | 제396-2012-000132호
등록일자 | 2012. 7. 25
KFN | 제1-080호

주소 | 경기도 고양시 일산동구 호수로 646-24 위너스21 II 빌딩 206A호 (우)10401
전화 | 031-819-9431 팩스 | 031-817-9432
E-mail | yewonbooks@naver.com

ISBN 979-11-6098-120-9 04810
979-11-5845-360-2 (set)

※ 이 도서의 국립중앙도서관 출판시도서목록(CIP)은 서지정보유통지원시스템 홈페이지(http://seoji.nl.go.kr)와 국가자료공동목록시스템(http://www.nl.go.kr/kolisnet)에서 이용하실 수 있습니다.

POTENTIAL
포텐
5
김민수 장편소설
WISHBOOKS MODERN FANTASY STORY
Wish Books

CONTENTS

POTENTIAL
포텐

26.
애장거탑

9월의 첫째 주 수요일 아침.

민호는 새벽부터 일어나 운동과 샤워를 마치고 숙소의 주방에 앉았다. 보름간 비시즌기간인 터라 보통 때라면 붐비고 있을 주방이 무척 한산했다.

고향에 가거나, 여행을 가거나, 숙소에 남아 늘어지게 잠만 자거나. 다음 시즌을 대비해 각자가 취하는 휴식 방식은 제각각이었다.

민호의 선택은 숙소에 남는 것이었다. 집에 가봤자 아버지의 유품을 얻을 수 있는 것도 아니고, 규칙적으로 해야 할 일도 많았기에.

지식과 체력의 조화.

애장품을 더 잘 활용하기 위해선 부단한 노력이 필요했다.

토스트기에 식빵을 넣은 후, 방에서 들고 나온 법전과 노트북을 탁자 위에 올렸다. 대여가 아니라 거의 자신의 것이 되다시피 한 고모의 법전은 최근 들어 가장 많이 활용하는 애장품 중 하나였다.

'어디 보자.'

노트북을 열어 법원판례들을 검색하며 법전에 손을 올렸다.

〈미란다 원칙을 위반한 음주 채혈측정 사건.〉

적당한 것을 찾아 읽어 내려갔다. 아무래도 고모가 검사직에만 있다 보니 민사보다는 형사 쪽 지식에 더 충실했다.

"적법한 절차에 따르지 아니하고 수집한 증거는 증거로 할 수 없다."

반지를 끼고서 관련 형사소송법을 중얼거리고 있는데 막 러닝을 끝내고 들어온 가람이 주방에 나타났다.

"헐. 또 아침부터 공부하세요? 요즘은 형이 연예인인지 고시생인지 헷갈림돠."

민호는 싱긋 웃으며 법전에서 손을 뗐다. 그리고 노트북을 돌려 그가 보고 있던 판례를 보여주었다.

"술을 먹었는데도 음주운전이라는 원심판결을 파기했대. 너도 경찰이 와서 다짜고짜 잡아가려고 들면 헌법 12조 1항, 5항을 들먹이며 법대로 하자고 해."

민호가 기억 속에 자리한 헌법을 쭉 읽어주는 사이 잘 익은 식빵이 토스트기에서 튀어나왔다. 물을 마시던 가람은 방금 들은 말이 무슨 외계어인지 고개를 갸웃했다.

"그럴 일 있으면 그냥 선배님 부를게요."

"쓸데없이 사고치고 내 이름 들먹이면 수임료 받을 거다. 아주 비싸게."

가람은 두 손을 맞잡고 흔들었다.

"이 후배, 하늘같은 민호 선배님의 따사로운 마음씨에 매번 감복……."

"이거나 먹어."

민호는 잼을 바르고 있던 빵을 그대로 가람의 입에 넣어버렸다. 가람은 맛있다고 우물거리며 엄지를 치켜들었다.

"맞다. 민호 형 광고 떴던데요? 어젯밤에 웹서핑하다 깜짝 놀랐잖아요."

"광고?"

"포털 사이트 클릭하면 엄청 나와요."

노트북에 이어 로펌 광고와 패션잡지의 표지 광고까지. 최근에 찍은 것만 세 개였기에 어떤 건지 되묻던 민호는 가람이 손끝으로 권총 모양을 만들어 자세를 잡는 것을 보고 눈이 커졌다.

"빠라밤~ 코드 네임 '스마트'. 그게 나지."

"얌마."

가람이 천연덕스럽게 낯 뜨거운 광고 문구를 따라 하자 민호의 미간이 살짝 찌푸려졌다.

"화면빨 죽이더만요. 영화 보는 줄 알았다니까요. 액션 신 대역 쓴 거죠? 막 트럭 위에서 휙휙 넘어다니고. 철순이랑 내기했는데 걔는 트럭 신만 대역일 거라고 하더라고요."

가람은 요원 1의 대사에 취해 "L을 잡아야 해!"라고 읊어 대며 냉장고를 등지고 섰다. 그리고 민호의 담담한 눈빛과 마주했다.

"박민우! 네가 감히 배신을!"

"더 해봐."

손권총으로 '빵빵'을 외친 가람은 민호의 눈치를 살피다 안 되겠는지 잽싸게 거실 쪽으로 내달렸다. 이런 상황에 뒤통수를 맞은 적이 한두 번이 아니니까.

"멋있었다고요!"

그러나 반지를 끼고 있는 민호에겐 굼벵이에 불과했다. 가람은 민호의 재빠른 반응에 걸려 등짝에 드롭킥을 얻어맞고 거실을 데굴데굴 굴렀다.

오늘의 오전 스케줄은 파일럿 촬영이 예정된 '메디컬 24시'의 사전 미팅이었다. 운전석에 앉은 공 매니저는 아침부터 싱글벙글 광고 얘기를 늘어놓았다.

"TV보다 온라인 광고가 반응이 훨씬 좋습니다. 노트북 수요가 젊은 층이 많다 보니 PS 그룹 대표이사님이 매우 만족하셨답니다."

민호는 휴대폰으로 10분 상당의 웹드라마 형식 광고를 보며 신음을 삼키던 중이었다. 반응이 좋다니 다행이지만, 아무리 봐도 저건 자신이 아니었다.

벽을 발판 삼아 뛰어올라 허공에서 몸을 회전해 무릎 찍기라니. 촬영할 때는 그렇게 의식을 못 했는데 저건 그냥 보기만 해도 아찔한 곡예였다.

"연기를 전문적으로 배운 것이 아닌데도 능숙하다고 임 사장님이 칭찬하셨습니다. 드라마 출연을 생각해 보시는 게 어떠냐고 물으시던데. 부담스러우시면 예능과 비슷한 시트콤도 괜찮고요. 지금 톱 배우들 중에 시트콤으로 뜬 사람이 꽤 많거든요."

"차근차근해요, 공 매니저님. 오늘 스케줄부터 충실히요."

"하하, 그렇죠. 차근차근. 제가 요새 너무 들떴나 봅니다."

하도 이것저것 거절하다 보니 잘 돌려서 뒤로 밀어놓고 입을 싹 닫는 스킬에 능숙해진 민호였다.

SBC 방송국으로 향하는 도중, 공 매니저는 친한 PD에게서 들은 '메디컬 24시'에 대한 정보를 늘어놓았다.

"병원 측의 투자가 상당한 모양입니다. 외관상으로는 스타들의 체험을 여과 없이 담는 방송인데, 여기에 실제로 이름난 의사들이 다수 참여해 홍보 효과를 극대화할 계획이라고 합니다."

"이름난 의사들이요?"

"네, 민호 씨도 들어보셨는지 모르겠네요. 최임혁 교수님이라고. 몇 년 전에 이분을 모델로 '응급타임'이란 드라마가 만들어지기까지 했습니다. 하우선 교수님은 미시간 의대에서 의학과장을 지내신 분인데……."

귀가 확 뜨일 수밖에 없는 이야기였다. 민호는 애장품을 지니고 있을 가능성이 큰 의사들의 이름들을 하나하나 꼼꼼 기억하며 기대에 들떴다.

말을 끝낸 공 매니저가 갑자기 생각났다는 듯 덧붙였다.

"참, 이번 민호 씨 섭외는 특이한 케이스라고 합니다. 방송국이 아니라 병원 측에서 민호 씨를 원했어요."

"네? 저를 왜요?"

공 매니저는 신호에 멈추자 백미러를 보며 활짝 웃었다.

"그야 민호 씨의 진가를 알아본 거겠죠. 취미생활로 헝가리어까지 마스터하신 분인데. 안 그래, 김 코디?"

"그럼요."

김 코디가 동의한다는 듯 고개를 위아래로 흔들었다. 이제는 익숙해진 두 사람의 기대였기에 '아니에요', '못해요'라는 변명이 먹혀들지 않았다. 그렇게 말하고 일은 깔끔히 해낸 적이 많으니까.

민호는 언제고 적당한 시기를 틈타 저들을 실망시켜야겠다는 다짐을 해보았다. 그러지 않으면 말도 안 되는 것까지 잘해낼 것이라는 맹목적인 믿음을 갖게 될지도 모를 일이다.

'근데 왜 날 지명했지?'

이 부분은 민호도 의아할 수밖에 없었다. 한 달 사이 인지도가 급상승 중이긴 하지만, 자신을 섭외한다고 이미 국내 최고라는 대형 병원의 인지도가 더 좋아질 리 만무했다.

'아무렴 어때. 애장품만 많으면 일부러 아파서라도 찾아갈 병원인데.'

민호는 휴대폰에서 '중급 영어회화' 어플을 켜고 자투리 공부를 시작했다.

SBC 방송국 회의장은 PD와 작가진, 촬영 스태프들까지 모두 모여 북적였다.

안을 살펴본 공 매니저가 민호에게 고개를 돌렸다.

"따로 앉아서 기다릴 공간이 없겠네요. 끝나면 콜해 주십시오."

공 매니저는 파이팅을 외치며 복도 저편으로 사라졌다.

민호는 출연진들이 모여 앉은 좌석으로 걸어가다 가장 가까이에 있는 남자와 눈이 마주쳤다.

SBC 간판 아나운서 정상욱. 깔끔한 진행으로 아주머니들에게 대인기라 들었다. 의학 관련 교양프로그램을 10년째 진행해 온 내공도 있는 사람이었다.

"안녕하세요, 강민호라고 합니다."

"아, 민호 씨. 참여한다는 얘기 들었어요. 나오는 예능마다 대박 난다는 소문이 있던데. 이번 것도 잘 부탁해요."

정상욱은 서른 중반의 나이가 무색할 정도로 젊고 선이 굵은 외모를 가졌다. 목소리까지 정확하고 또렷했기에 민호는 왜 인기가 많은지 알 것 같다고 생각하며 옆자리로 고개를 돌렸다.

'응?'

다른 출연진 넷 중에 아는 사람은 없다고 들었는데, 상당히 친숙한 옆모습을 한 소녀가 꾸벅꾸벅 졸고 있었다.

"하연아."

타사의 인기 예능 '청춘일지'의 막내, 열아홉의 소녀 구하연이 민호의 부름에 부스스 눈을 떴다. 인형처럼 속눈썹이 짙은 그녀의 눈이 민호를 발견하고 큼지막하게 벌어졌다.

"오빠? 우와! 민호 오빠도 이거 찍어요? 잘됐다~"

"너 왜 여기 있어?"

"송연 언니 대신 왔어요. 언니가 뾰족한 게 무서워서 못 보겠다고 하는 거 있죠?"

정상욱이 이 말에 목소리를 낮춰 물었다.

"한송연 씨 첨단공포증인가 보죠?"

"그건 모르겠고요, 바늘 같은 게 정말 싫대요."

파일럿에 아이돌이 한 명 참여하기로 되어 있었는데, 사정상 구하연으로 대체된 듯 보였다.

구하연은 방송할 때만큼은 어린 나이답지 않게 노련하고 활기찬 소녀였다. 민호는 덕분에 24시간이 적적하진 않으리란 생각이 들었다.

"너는 주삿바늘 같은 거 안 무서워?"

"아버지가 당뇨를 앓으셔서 주사 많이 놓아봤어요. 이번 기회에 간호사 언니들한테 안 아프게 넣는 법 좀 배워가려고요."

나름 병원과 연관이 있다 이건가?

민호는 빈자리에 앉으며 남은 출연진 둘과도 인사를 나누었다. 의대에 다닌 경험이 있다는 신인 모델과 의학드라마에 단골 출연한다는 배우. 민호는 문득, 출연진 중에 의학에 의자도 모르는 건 자신뿐일지도 모르겠다는 생각이 들었다.

10분 뒤.

병원 측 관계자가 도착하자 총괄 PD 김상만이 자리에서 일어났다.

"다 오셨네요. 촬영에 대한 간단한 기획 의도부터 말씀드리겠습니다."

100% 실제 의사들의 생활을 따라 해보며, 사람을 살리기 위한 노력의 가치를 되새겨 보는 공익프로젝트 성향을 띤 프로그램이라는 설명이 이어졌다.

시청률 안 나오면 1회로 종료되느냐는 정상욱의 물음에 김 PD의 시선은 병원 측 관계자를 향했다.

"제가 대답할까요?"

병원에서 나온 책임자가 자리에서 일어났다.

"안녕하세요, AN 병원의 응급센터장 최임혁입니다."

민호는 공 매니저에게 설명을 들었던 의사 중 하나임을 깨닫고 시선을 집중했다. 마흔 중반에 부리부리한 눈빛을 가진 사내가 좌중을 둘러보더니 입을 열었다.

"솔직히 말씀드리죠. 저희 바쁩니다. 이런 촬영할 시간에 환자 하나 더 돌보는 게 정시 퇴근으로 이어지는 길이거든요."

농담 섞인 말에 피식 웃던 민호는 최임혁의 시선이 자신을 향한 것을 보며 '응?' 하는 눈길을 보냈다. 혼자만 웃은 게 아닌데.

"인구 1,000명당 의사 2명. 이것도 한의사를 포함한 숫자입니다. 환자는 많은데 인력은 부족하고. 100% 리얼한 촬영을 하면 사람들은 깜짝 놀랄 겁니다. 대한민국 상위 1%에 속하는 연봉을 받는 의사들이 자리만 깔리면 거지처럼 아무 데서나 잘 자고, 그마저도 못해 코피 터지면서 돌아다니는 현장이거든요."

최임혁은 한차례 숨을 가다듬고 말을 이었다.

"이렇게 들으면 3D직업 같은데 이게 또 묘하게 매력 있어요. 죽을 것처럼 아파하는 사람이 들어왔다가 싹 고쳐서 나가거든요."

최임혁이 손가락으로 수술하는 듯한 동작을 선보였다.

"생명을 구한다는 건 앞뒤 싹 자르고 세상에서 가장 흥미있는 일이라는 사실. 저는 이 프로그램이 그것을 좀 홍보해줬으면 합니다. 왜 있지 않습니까? 오지 탐험하는 다큐 보여줬더니 장래희망에 탐험가가 되고 싶다는 애들이 나타나고 그러는 거."

화끈한 최임혁의 말에 민호는 '오오' 하며 감탄했다.

미팅이 끝나고 회의장 밖으로 나서던 민호는 최임혁이 갑작스레 다가와 일단 고개부터 숙였다.

"처음 뵙겠습니다. 저는……."

"알아요, 강민호 씨죠?"

이 말에 민호의 눈이 커졌다. 최임혁이 복도 끝을 가리켰다. 잠깐 할 말이 있어 보여 인적이 드문 비상구 쪽으로 따라 갔다.

"어떻게 아는지 궁금하죠?"

"네."

펜타스톰 팬이라거나 '더 스마트'를 봤다거나 하는 이유를 들으리라 생각했는데 뜻밖의 말을 건네 왔다.

"윤환이랑 친구거든요. 윤환이 아버님도 몇 번 뵀고."

"그러세요?"

민호는 뜻밖의 인연에 다시 한 번 허리를 숙여 인사했다.

"말씀 편하게 하세요."

"그건 차차."

최임혁이 민호의 손을 바라보며 말했다.

"민호 씨도 능력자죠?"

"아……."

대답을 못 하는 민호를 보며 최임혁은 씩 웃었다.

"걱정 말아요. 아무에게도 말하지 않을 테니까."

"혹시 최 교수님께서 절 섭외하신 건가요?"

"빙고."

절로 신음이 나오는 대답이었다.

"대학 때 윤환이랑 버스 여행을 가다 크게 사고 난 적이 있어요. 그 당시 난 의대생, 윤환이는 문과생이었지. 능력 있으니 대충 감이 오죠?"

최임혁의 이야기 속 아버지는 긴급 수술을 요하는 수십의 사람들을 혼자 살려낸 전설의 영웅이었다. 그 당시 아버지의 나이는 스물여섯. 민호가 생각하는 아버지의 성향상 그냥 주변에서 아파하니 구해놓고 본 것일 테지만, 그것이 최임혁에게는 엄청난 충격이었음이 분명해 보였다.

"내가 'The Answer' 퀴즈쇼 무척 좋아하는데 윤환이랑 똑같이 생긴 사람이 나오더군요. 기억해 두고 있었죠. 그 이후에도 방송 활동 꾸준히 하는 거 보고는 좀 놀랐어요. 윤환이 아들이 연예인 할 줄은 몰랐거든요."

아버지에게 물어보면 더 자세한 사정을 들을 순 있겠지만, 그것보다 섭외의 이유를 묻고 싶었다. 그러나 최임혁의 다음 말에 거두절미하고 고개를 끄덕이게 됐다.

"윤환이가 전에 왔을 때 우리 병원에 반짝이는 물건 천지라던데. 소독약 냄새 싫어서 오래 있기 싫다고 그냥 갔거든요."

"그, 그렇습니까?"

"나도 애지중지하는 게 하나 있는데 이게 윤환이가 탐낼 만한 물건인지도 궁금하고. 아무튼, 촬영 날 꼭 내 사무실에 들러요."

"반드시 방문하겠습니다!"

최임혁이 부드러운 눈웃음과 함께 손을 흔들며 사라졌다.

공 매니저가 기다리는 주차장으로 향하며 민호는 휴대폰을 들었다.

“아버지.”

—말해.

“오늘 최임혁 교수님을 만났거든요.”

—임혁이? 걔를 네가 왜 만나?

민호는 파일럿 촬영이 예정된 프로그램에 대해 설명해 주었다.

—뭐, 그 병원에 가면 쓸 만한 건 꽤 될 거다.

윤환에게 확답을 받자 민호는 흥분에 빠졌다. 전문가가 많은데다 전통까지 있는 장소는 확실히 다르다. 하나도 아니고 여러 개라면 애장품 활용 능력을 키우는 것도 훨씬 수월할 터였다.

—근데 네 생각대로는 안 될 거야. 임혁이 걔가 만날 웃고 다녀도 속으론 엉뚱한 데가 있거든.

“엉뚱이요?”

회의실에서 최임혁이 한 말들은 상당히 합리적으로 들렸었다.

—겪어보면 알 거야.

'메디컬 24시' 첫 촬영 현장.

1일 평균 외래환자 11,380명, 재원환자 2,519명, 응급환자 310명을 진료한다는 AN 병원의 위용은 그 크기만으로도 민호를 압도했다.

동관의 입구 앞에 죽 늘어서 있는 출연진들 틈에서 구하연은 잠을 잘 못 잤는지 퉁퉁 부은 눈으로 민호를 올려다보았다.

"정말 24시간 동안 한잠도 안 재울까요?"

"그건 모르지, 여기 의사님들이랑 똑같이 생활한다니까."

제작진으로부터 출연진 다섯에게 24시간이 세팅된 손목시계와 호출기가 지급됐다. 카메라 틈에 서 있던 김 PD가 말했다.

"들어가시면 각자 배정된 인턴분들이 있을 겁니다. 오늘 하루 그분들을 따라다니며 같이 행동하시면 됩니다. 저희 VJ들은 있는 듯 없는 듯 따라다닐 테니, 자유롭게 묻고 대화하고 행동하시면 됩니다."

지난번에 들은 촬영 개요와 똑같은 말을 끝낸 김 PD. 출연진 각자는 무슨 일을 할지 모른 채로 병원 안에 들어섰다.

민호는 로비에 들어서자마자 주변을 탐색하기 바빴다. 접수대를 기준으로 좌측이 내과 우측이 외과 진료 장소였다.

'최임혁 교수님의 사무실부터 방문해 볼까?'

라고 생각하던 중 낯선 부름이 민호의 귀에 들어왔다.

"강민호 씨?"

고개를 돌리니 스물 중반으로 보이는 여성이 민호를 손짓했다.

"인턴 문채은이에요. 늦었으니까 빨리 따라오세요."

"네?"

"얼른요."

마찬가지로 다른 출연진들에게도 인턴들이 다가왔다. 민호는 각자 찢어지는 출연진들을 보며 본격적인 24시간이 시작됐음을 깨달았다.

문채은은 걸어가며 빠르게 설명했다.

"저희 과장님은 성격이 안 좋으세요. 이상한 것에 트집을 잡고 쫓겨나는 일도 다반사니까 최대한 아무 말도 마세요."

대놓고 직접적인 디스부터 하는 문채은의 말에 민호가 의문을 품는 사이 3층의 한 방 앞에 도착했다. '진단검사의학과장 하우선'이란 명패가 붙어 있는 사무실.

민호는 방을 보자마자 입을 벌렸다.

은은한 빛이 어려 있는 벽면을 마주하고 보니 침이 꿀꺽 넘어갔다. 촬영 시작부터 애장공간이라니.

떨리는 마음으로 벽에 손을 댔다. 빛이 흡수되고, 들뜬 민호의 머릿속을 가장 처음 강타한 것은 휘황찬란한 의학 지식이 아니었다.

'어라?'

냉소적인 심리상태란 것을 거의 겪어본 적 없던 민호에게 주위 모든 것을 쌀쌀한 태도로 바라보는 관점은 상당히 새로웠다.

이를테면, 멍하니 서 있는 자신을 딱딱하게 바라보고 있는 문채은. 그녀는 객관적으로 예쁘다는 말을 들을 수 있는 외모였다. 화장기 전혀 없는 얼굴임에도 자꾸 돌아보게 하는 수수한 매력이 있으니까.

그러나 이 방의 주인은 저 미모를 감탄으로 받아들이는 것이 아니라, 미모 때문에 선입견을 품은 전문의들에게 인턴 평가를 제대로 받지 못할 것이라는 비웃음부터 짓고 있었다.

평가가 좋으면 실력보다 외모 덕분, 나쁘게 나오면 외모 빼곤 볼 게 없다는 식의 평가.

그걸 입 밖으로 내뱉어 콕 비수를 찔러보고 싶은 기분을 느끼고 보니, 문채은이 시작부터 하우선 교수를 깎아내린 것이 이해가 갔다.

"뭐 하세요?"

"아무것도요."

민호는 스스로 벽에서 손을 떼며 담담한 미소를 유지했다.

'주인의 기분에 휘둘리는 건 단련이 좀 됐지.'

반지에 깃든 요원의 바람기를 억제하는 데서 비롯된 강제 훈련이었지만, 이만하면 미란다의 공간에 처음 손을 댔을 때보다는 훨씬 나은 자제력이었다.

"들어가세요."

문채은은 친절도 무관심도 아닌, 적당한 사무적인 태도로 문 안쪽을 가리켰다.

문을 열자마자 민호가 맞닥뜨린 건 깔끔한 실내장식으로 꾸며진 사무실의 전경과 곳곳에 배치된 카메라였다. 업무를 방해하지 않기 위해서인지 입구까지 따라온 VJ는 안쪽까지 들어서지 않았다.

탁자에 둘러앉은 진단과 스태프 셋의 시선이 문 쪽을 향했다. 입구 가까이에 앉아 있던 펠로우 2년 차 이희철이 문채은을 보며 물었다.

"뭐야? 한송연은?"

실망한 눈치를 보이는 이희철에게 문채은이 바로 대답했다.

"한송연 씨는 아예 안 오셨고, 대신 온 구하연 씨는 마취과에서 데려갔어요. 여긴 강민호 씨고요."

"아예 안 왔어? 하, 아쉽네."

두툼한 살집을 가진 이희철이 넉넉한 웃음과 함께 민호에게 인사를 건네 왔다.

"민호 씨한테 불만 있는 거 아니니 오해하지 마세요. 개인적으로 한송연 씨 팬이어서 아쉬운 소리 한 거니까. 반가워요."

"잘 부탁드립니다."

"여자가 여기 왔으면 울다 끝났을 거야. 차라리 멘탈 듬직한 남자가 낫지."

다른 의사들과도 인사를 나누다 보니 정작 하 교수가 보이지 않았다. 민호는 방 안에 자리한 세 의사의 나이대가 높은 것을 보고 이 방의 기형적인 인원 구성을 단번에 알아챘다.

대학과 연계된 대형병원은 보통 한 과의 구성인원에 레지던트가 상당한 비중을 차지한다. 수련의가 전문의 밑에서 경험을 쌓다가 차근차근 성장하는 구조니까. 그러나 이곳은 레지던트 과정을 넘어선 펠로우만 셋이었다. 그리고 달랑 인턴 하나.

'조촐하네.'

부서 내부의 이상한 분위기를 감지한 민호를 의식했는지 이희철이 껄껄 웃었다.

"채은아. 민호 씨한테 하 교수님 성질 이야기해 줬나?"

"대강은요."

"그럼 이해하기 편하겠어. 민호 씨, 여긴 레지던트가 버틸 수 있는 과가 아니거든요. 하 교수님 질문에 대답 못 하면 바로 독설이 날아드는데 어떤 수련의가 버텨낼 수 있겠어요? 사실 우리도 간당간당해요. 펠로우 하나 잘리고 받은 게 재거든요."

이희철의 손가락이 가리킨 것은 문채은이었다.

문채은은 이희철의 언급에도 별 대꾸 없이 서 있다가 민호와 눈이 마주치자 조용히 뒤편의 의자를 가리켰다.

"이쪽에 가만히 계세요. 아침 회의는 금방 끝나니까."

싫다고만 안 했다 뿐이지 문채은의 말과 태도에는 전혀 '정(情)'의 기색이 없었다. 잘 웃지 않는 여자는 민호도 대하기가 껄끄러웠다.

'최소 저녁때까지는 같이 다녀야 할 텐데.'

민호는 어떻게든 친해질 방법을 고심하며 뒷자리에 앉았다.

의사를 따라다니며 할 수 있는 일은 돕고, 그들의 고충에 대해 같이 공감해 주는 것이면 충분하다고 말한 김상만 PD. 그 첫 회는 병원의 최말단, 인턴의 24시였다.

그러나 이 부서는 김 PD의 기획 의도를 보여주기엔 무언가 전형적인 병원의 느낌이 아니었다. 고충을 공감해 줘야 할 인턴은 얼음장 같은 성격에, 독설을 대비해 멘탈부터 잡으라는 이희철의 조언 또한 아무리 봐도 정상은 아니고.

'아무튼 정신 바짝 차리자.'

민호는 며칠 전에 만난 최임혁이 자신을 일부러 이 과로 보낸 건 아닌가 하는 의심이 들었다.

"이주영, 이 환자 까다롭지?"

"그런 거 같아."

그사이 잠시 중단됐던 펠로우들의 대화가 이어졌다. 문채은이 자리에 앉자 이희철이 한쪽의 모니터를 가리켰다.

"새벽에 들어온 환자야."

민호도 모니터에 떠 있는 환자의 엑스레이 사진을 살펴보았다. 오른쪽 다리. 정강이뼈는 멀쩡하지만, 종아리뼈 일부분이 부러져 있었다.

'크, 아프겠네.'

이희철이 문채은에게 물었다.

"너는 어때 보여?"

"엑스레이 상으로는 외상성 골절로 보이네요."

"그것뿐이면 진단과에 안 올렸겠지. 이주영 환자 뼈가 너무 약해서 골절 치료를 제대로 할 수가 없대."

"T 점수가 −1.9네요. 뼈감소증인가요?"

"이 사람 나이가 28살이야. 게다가 인천 FC의 잘나가는 축구선수. 평소 건강하던 사람이 공을 차다 갑자기 부러졌어."

뼈감소증에서 골다공증으로 이어지는 증상은 젊은 나이에 쉽게 발병하지 않는 질병이다. 민호는 이 방에서 저절로 얻게 된 의학 지식을 통해 그것을 즉시 깨달았기에 그도 모르게 중얼거렸다.

"암?"

"우리도 그 생각 중이긴 한데. MRI에 종양이 음성반응이라 생검해서 확진을……."

라고 대답하던 이희철의 시선이 뒤로 돌아갔다.

"응? 지금 뭐라고 하셨어요?"

"아…… 그냥 해본 소리니 신경 쓰지 마세요."

민호는 멋쩍게 웃으며 아무 일도 아니라는 듯 시선을 회피하고 휘파람을 불었다. 고개를 갸웃한 이희철이 문채은에게 다시 말했다.

"채혈 검사에서 신장 기능이 안 좋다고 나왔어. 20대 남자의 신장 기능이 왜 떨어질까?"

"골육종이나 속발성 골암같은 증상을 의심해 볼 수 있겠네요. 뼈에 먼저 침투하고 그다음에 신장으로 간 거죠."

"오케이. 그 정도만 해도 욕은 안 먹을 거야. 우리가 생각한 다른 소견은 정밀검사를 해봐야 알 수 있어."

"고마워요, 선배님."

민호는 둘의 대화를 들으며 문채은을 새로이 보게 됐다. 인턴이면서도 펠로우랑 비슷한 소견을 제시할 수 있다는 건, 문채은의 능력이 상당하거나 그만큼 단련됐다는 것을 뜻한다.

펠로우들의 대화에 집중 중인 그녀는 비록 무표정이었으나 학구열에 불타는 학생이 된 것마냥 눈동자만큼은 또렷하게 빛났다.

민호는 저런 눈을 본 적 있었다. 공부가 본업. 배우는 부업인 서은하가 국제외교 얘기를 할 때 말이다.

'예쁘고 똑똑한 의사라.'

자신이 PD라면 문채은 위주로 찍어 화제를 노릴 것이다. 그것이 파일럿의 시청률을 올리기엔 더 적합할 테니까.

그렇게 문채은의 매력에 한차례 놀란 후. 모니터에 나온 진료 기록을 훑어보던 민호는 "어?" 하고 큰 목소리로 의문을 표했다. 이희철과 문채은이 내린 진단에 대해 동의할 수 없는 부분이 나오자 애장공간의 주인이 가진 번뜩임이 민호의 머릿속을 훅 치고 들어온 것이다.

"왜요, 민호 씨? 뭐 의견이라도 있어요?"

민호를 그저 연예인으로만 여기고 있던 이희철이 농담 섞인 말투로 물어왔다.

"이주영 선수 터키리그로 건너가기 전 몸무게가 75kg이었어요. 작년에 돌아온 후엔 83kg이 됐고."

"그게 왜요? 고기 엄청 먹었나 보네. 나처럼."

이희철이 자신의 배를 두드리며 웃었다. 민호는 순간 '지방흡입을 받아야 할 수준의 돼지와 쌩쌩 달리는 날렵한 말의 무게는 비슷'이라는 비유를 들며 그에게 한마디 하려는 걸 억눌러야 했다.

"제 말은 스테로이드를 의심해 볼 수 있지 않나 싶어서요."

"약물을 썼다고?"

새로운 관점의 토론거리가 생겨나자 이희철의 얼굴에 놀람이 번졌다.

"확실히 스테로이드의 부작용이라면 뼈감소증이 설명돼."

"진단 중에 약물 복용했다는 말은 안 했잖아."

"밝혀지면 선수 생활 끝나니까."

"골암이어도 끝나거든?"

펠로우들의 의견이 분분한 사이 이희철의 시선은 민호를 향했다. 그 시선 속에는 연예인이 어떻게 이런 의견을 말한 것인지에 대한 의문이 자리해 있었다.

그때, 문채은이 고개를 휙 돌려 입을 가리고 조심스레 민호를 불렀다.

"저기요."

그녀는 무척 진지한 얼굴이 되어 물었다.

"연예인이면 마약 같은 거 접하기 쉽다던데……."

말끝을 흐리는 그녀. 민호는 피식 웃었다.

"그래서 잘 아는 거 아니냐고요? 마약 상습복용자라?"

민호가 손을 떠는 동작을 보이자 문채은이 흠칫 놀랐다. 같이 지켜보던 이희철도 '진짜냐?'라는 눈길이 됐다.

'아차.'

냉소가 생활이 된 하 교수의 감정에 너무 이입됐던 민호는 그도 모르게 저들을 놀리고 있음을 깨닫고 동작을 멈췄다.

"일전에 퀴즈쇼에 나가느라 열심히 공부해 둔 탓이 커요. 남보다 이런저런 상식이 있는 편이거든요, 제가."

낯 뜨거운 자랑이긴 하지만 기다렸다는 듯 변명이 술술 나왔다. 민호는 특정 상황에 머리가 빠릿빠릿하게 돌아가는 것 또한 이 애장공간의 능력이라는 생각이 들었다.

같이 듣고 있던 이희철이 곰곰이 민호의 얼굴을 살피더니 "아하!" 하며 손뼉을 쳤다.

"5억 퀴즈쇼. 민호 씨 그거 우승한 사람 맞죠? 지나가다 본 거 같아."

"맞아요."

"어쩐지. 하 교수님 밑으로 사람을 보내는데 보통내기를 밀어 넣을 리가 없지."

문채은도 수긍하는 듯 보였기에 민호는 한숨을 돌렸다. 그리고 이 애장공간의 쓰임에 대한 생각에 잠겼다.

'의학적인 문제를 접했을 때만 하 교수의 능력을 활용할 수 있는 느낌이야.'

미란다의 방은 남의 옷을 봤을 때 저절로 수정된 이미지가 떠올랐고, Once는 윤이설의 음악을 들을 때 환상이 떠올랐다. 그와 마찬가지로 이 공간 역시 조금 색다른 활용 규칙을 가진 듯 보였다.

희귀한 병을 가진 환자에 대한 호기심. 아마도 이것은 하 교수를 움직이는 원동력으로 보였다.

민호는 이 규칙이 마음에 들었다. 마치 질병의 숨겨진 비밀을 추리하는 명탐정이 된 기분이었다. 다른 문젯거리 또 없나 펠로우들의 대화에 귀를 기울이고 있던 찰나.

달칵.

갑자기 문이 열렸다. 떠들고 있던 펠로우 셋이 즉시 입을 다물었다. 문채은도 자세를 바로 했다.

'왔구나.'

직감적으로 분위기를 느낀 민호가 고개를 돌렸다.

시야에 들어온 것은 비쩍 마른 체구에 날카로운 인상을 주는 중년인이었다. 나이는 최임혁과 비슷한 정도였으나 중절모에 번듯한 복장을 보니 패션 감각은 그보다 우위인 듯 보였다.

"오셨습니까, 교수님."

이희철의 인사에 하우선 교수는 고개만 끄덕인 뒤 방 안의 카메라들과 민호를 쭉 훑었다.

"이게 다 뭐야? 여기 젊은이는 또 뭐고? 아직 문 인턴 안 잘랐는데 위에서 또 하나 밀어 넣은 건가?"

하 교수의 물음에 이희철이 얼른 대답했다.

"어제 전화가 안 돼 문자를 드렸습니다. '메디컬 24시' 촬영이 있어서 진단검사의학과도 협조하기로 했다고. 최임혁 교수님이 아무 참견 없이 찍기만 하니까 불편하진 않을 거라고 하셨습니다."

"희철아."

"네, 교수님."

"밤에 전화가 왔는데 그 이름이 너야. 너 같으면 그거 받고 싶겠냐? 봐봐. 집어던져서 깨진 거."

하 교수가 그의 휴대폰을 들어 보였다. 다른 두 펠로우가 쿡하고 웃음을 터뜨렸다.

액정에 금이 간 것이 상당히 오래전 일임을 알고 있었으나 이희철은 쉬이 대꾸하지 못했다. 반론해 봤자 또 놀림당할 것은 자신이기에.

"희철이 말을 종합하자면. '메디컬 24'시인지 뭔지 때문에 내가 열렬히 챙겨보는 'The Answer' 우승자가 여기 앉아 있게 됐다 이거군."

사무실 안으로 들어온 하 교수가 민호에게 시선을 던졌다. 민호는 이미 자신을 알고 있었다는 말에 속으로 놀라 고개를 숙였다.

"처음 뵙겠습니다, 하우선 교수님."

"그래, 젊은이. 기왕 체험 온 거 말 편하게 해도 되겠지? 교수 체험하고 그런 거 아니잖아."

"그럼요."

하 교수가 중절모를 벽에 걸어두고 의사 가운을 걸쳤다.

"얼굴 보니 갑자기 기억나는데. 그 뭣이냐, 'The Answer' 파이널 라운드에서. 10문제 풀 동안 거기 사회자가 꼴까닥 넘어왔잖아. 왜 둘이 사귄다는 소문은 안 들리는 거지?"

"네?"

"이미 음지에서 할 거 다 했는데 언론 노출만 안 된 건가?"

"절대 아닙니다."

"진짜? 왤까? 남자를 좋아하는 건 아닐 테고."

민호의 얼굴을 꼼꼼하게 훑어보던 하 교수가 말했다.

"적당히 생기고 머리도 좋아. 돈도 많을 테고. 정서연보다 나은 여자가 있는 거군."

"아니에요."

비교할 대상은 아니지만, 호감 있는 여자가 여럿 있는 것은 맞았기에 민호는 적당한 웃음으로 무마했다. 촬영 중인데 무슨 말이라도 나와 스캔들로 번지면 좋지 않다.

탁상에 걸터앉은 하 교수가 말했다.

"오늘 케이스는 누구지?"

이희철이 곧바로 '환자 이주영'에 대한 파일을 넘겼다. 쭉 훑어내린 하 교수가 짧게 물었다.

"진단은?"

"신장 기능이 떨어진 것을 보니 고칼슘혈증의 부작용으로……."

"삐. 너무 간단해."

퀴즈쇼에 나올 법한 버저 소리를 내는 하 교수 때문에 대답한 펠로우가 당황에 빠졌다. 눈치를 보던 이희철이 연이어 말했다.

"혈청 LDH 수치를 따지면 림프종을 의심……."

"삐. 너무 나갔어."

펠로우 셋과 문채은이 공들여 의논했던 의견들이 차례대로 격파되어 갔다. 30초 만에 아무도 말을 꺼내지 못하게 되자 하 교수는 고개를 저으며 혼자 반문했다.

"인천 FC 축구선수? 동양인이 호르몬주사도 안 맞고 근육 이렇게 늘리기 쉽지 않지. 약물 검사부터 해봐. 가만? 이주영이면 에이스잖아. 이거 이번 경인더비는 서울 FC가 이득이겠는데? 미리 토토 질러놔야겠어."

하 교수의 중얼거림이 끝나자 모두의 시선이 민호를 향했다. 하 교수는 '뭐야? 무슨 비밀인데?' 하는 눈길과 함께 민호를 바라봤다.

졸지에 말이 없어진 공간 안에서 민호는 떨떠름한 표정이 됐다. 뭐라도 말해야 할 것 같은 분위기였으나, 문채은이 대신 앞으로 나섰다.

"민호 씨가 방금, 운동선수는 스테로이드 문제를 의심해봐야 하지 않나 하는 말을 했어요."

하 교수의 눈동자에 순간이지만 이채가 어렸다.

"지금 그 말은 내가 조금 늦은 통에 이 유능한 펠로우 삼총사께서 헛다리짚는 빅 재미를 놓쳤다는 말이군."

이희철이 벌떡 일어났다.

"소변 검사부터 할까요?"

"그러던지. 아님, 약물 했냐고 직접 물어봐. 경찰 분장하고 가면 대답해 줄지 몰라. 나 약 빨고 경기 뛴다고."

하 교수가 나가라는 손짓을 하자 펠로우 셋이 발 빠르게 움직였다. 문채은도 이동했기에 민호 역시 자리에서 일어섰다.

이주영 선수의 개인 병실 안.

민호는 행여 몸을 움직이다 뼈가 더 상하진 않을까 단단히 고정된 이주영을 바라보았다. 끙끙대며 괴로워하는 표정만 봐도 고통의 정도가 느껴져 속으로 혀를 찼다.

공을 찬 것뿐인데 다리뼈가 멋대로 부러졌다. 자신이 만약

마우스를 클릭하고 있는데 갑작스레 팔뚝 뼈가 나갔다면 어떨지를 상상하니 소름이 돋아났다.

"약물? 이봐요. 주영이 몸값이 얼만지나 알고 그딴 소리를 하십니까? 선수 생활 끝장내려고 작정했어요?"

매니저가 하 교수의 1차 진단에 반발했다. 이희철이 차분히 증상에 대해 설명했다.

"소변 검사만 하면 알 수 있는 문제입니다."

"스테로이드? 웃기셔. 주영이가 얼마나 이 악물고 웨이트를 했는데. 좋은 것만 먹였다고요!"

매니저는 "니들이 천만 원짜리 산삼이 든 보약 먹어 봤냐!"며 고래고래 소리를 질러댔다.

소란스러움에 가만히 있던 이주영이 매니저를 불렀다.

"괜찮아, 형."

"자존심이 있지. 난 용납 못 해. 아니, 뼈 부러졌는데 뭔 말들이 많아. 여기 한국에서 제일 큰 병원 아니야? 선수 골절상 입는 거 한두 번 봐? 그냥 고치면 되잖아."

움직일 수가 없는 이주영은 소변받이장치를 장착하고 있었다. 그냥 저걸 가져가면 될 일이나 이희철은 매니저의 인상에 눌려 함부로 움직이지 못했다.

"나가요, 나가!"

의사 전원이 병실에서 쫓겨났다.

"확 소변통 뜯어가 버릴까?"

이희철이 씩씩대자 다른 펠로우가 고개를 저었다.

"매니저 성질 못 봤어? 원치 않은 도핑 테스트를 했다고 소송 얘기 꺼내면 골치 아파져."

다들 이러지도 저러지도 못하는 가운데 문채은이 나섰다.

"제가 할게요. 인턴이 뭣 모르고 했다는 변명이면 이사진도 뭐라고 안 하실 거예요."

"채은이 네가? 그래 주면 고맙지만."

하 교수를 한번 겪어본 민호는 문채은의 선택을 존중했다. 소변 검사 갖고 쩔쩔맨 것에 얼마나 많은 비꼼이 나올지 뻔했다.

'으음.'

하지만 도울 수 있는 건 도와야 한다는 김 PD의 명령도 있고, 하 교수의 방을 나오며 떠올렸던 정보가 나쁘지 않아 보여 입을 열었다.

"스테로이드는 호르몬이잖아요."

진단과 스태프 모두 민호에게 시선을 집중했다.

"운동선수가 쓰는 아나볼릭 스테로이드로 오랫동안 근육을 단련하면 몸에서 남성용 호르몬 분비할 필요가 없어지는 걸로 알아요. 그렇다면 '거기'의 활용도가 떨어지죠."

가만히 듣고 있던 이희철의 시선이 점점 아래로 내려갔다.

남성 호르몬 분비 기관은 남자의 중심, 두 방울이니까.

"'거기'가 작아지지 않겠어요?"

굳이 소변 검사를 해보지 않아도 간호사가 이불만 들춰보면 알 수 있는 일.

"고환 축소. 맞아, 그것도 스테로이드 부작용이지?"

이희철이 고개를 끄덕였다. 문채은은 얼굴이 확 붉어졌으나 아무렇지 않은 척 눈에 힘을 주었다.

진단과 펠로우들은 도핑 테스트는 소변검사라는 생각뿐인 매니저를 잘 구슬려 체크를 끝낸 뒤 다시 하 교수의 방으로 향했다.

"그렇게 쪼그라들어 있을 줄은 몰랐어."

"남자로서 이주영 선수의 명복을 빈다."

펠로우들의 대화를 계속 경청하던 문채은은 이번에는 한 발짝 물러나 끼어들지 않았다. 그녀 옆을 졸졸 따라다니는 민호도 가만히 듣고만 있었다.

"저기, 민호 씨."

계단을 오르는데 문채은이 나직이 민호를 불렀다.

"스테로이드 부작용 치료에 대해서 혹시 아는 것 있으세요?"

하 교수가 물으면 뭐라도 대답해야 할 그녀였기에 민호도 도와주고는 싶었으나, 조언은 방에 도착해야 가능했다.

"그건 말이죠……."

민호는 말을 은근히 끌며 하 교수 사무실 외벽에 손을 집기 위해 복도에 올라섰다. 그리고 눈이 휘둥그레졌다. 하 교수의 애장공간이 도로 빛나고 있던 것이다.

'오호!'

이 근처에 상호작용을 하는 애장품이 있다는 사실에 민호의 눈이 빠르게 주위를 훑었다.

시선이 멈춘 곳은 청진기를 목에 두른 한 의사의 등이었다. 의사의 상징이자 꽃이라 할 수 있는 청진기에서 은은한 빛이 보였다.

'누구지?'

민호의 두근거림도 잠시, 의사는 곧 복도 저편으로 사라졌다. 바로 뒤따라가 보고 싶었으나 VJ의 카메라와 문채은 탓에 함부로 움직일 수가 없었다. 따라간다고 해도 생판 모르는 사이에 청진기 좀 만져보겠다고 말할 수 있을지도 의문이었다.

벽에 어려 있던 빛도 점차 희미해지더니 사라졌다.

상호작용이 가능한 애장품의 거리가 일정 이상 벌어지면 빛이 사라진다는 새로운 사실만 확인하며 민호는 아쉬움을 달랬다. 그리고 고개를 돌리다 기대하는 눈빛으로 자신을 바라보는 중인 문채은과 마주했다.

'아차차.'

민호는 애장공간의 벽에 손을 올렸다. 하 교수의 의학 지식에 1차 진단에 대한 결과가 나오자 차후의 진료 과정들이 빠르게 머릿속을 스치고 지나갔다.

"확실한 스테로이드 사용 증거부터 받아내고, 뭘 투여했는지를 듣는 편이 나을 거예요. 운동선수가 사용하는 스테로이드 종류만 수십이니까요. 디아나볼, 데카듀라, 윈스트롤, 이퀴포즈……. 다 부작용이 제각각이라. 그래도 기본적인 치료는 할 수 있겠죠."

민호는 신장 기능이 무척 저하됐다는 것을 떠올리고 덧붙였다.

"신장과 간 수치가 나빠졌으니, 칼슘과 비타민 D를 강제로 섭취시키는 건 무리일 테고. 그러면 골다공증 1차 치료로……."

"여성호르몬제나 SERM이요?"

민호는 '삐'라고 외치고 싶은 것을 꾹 참으며 친절히 대답했다.

"그걸 쓰면 이주영 씨 가뜩이나 남자로서 심각한데 가슴까지 나와요."

입술을 잘근 깨물며 고민에 빠진 문채은을 보고 있자니 정답을 말해주기보다는 기다리게 됐다. 몇 초 뒤, 기억 속 지식을 끄집어낸 문채은이 물었다.

"부갑상선 조절도 안 되겠고. 비스포스포네이트를 써야겠네요?"

"그렇겠죠."

민호는 고개를 끄덕였다. 골다공증에 가장 많이 쓰이는 약을 쓰는 것으로 최종진단. 과정이야 어떻건 지금 건드릴 수 있는 치료는 이것뿐이었다.

"고마워요, 민호 씨."

짧은 대화가 끝나자 일순 진단과 선배들을 대하는 것 같은 반짝이는 눈이 되어버린 문채은에 민호는 발 빠르게 변명을 늘어놓았다.

"고맙긴요. 채은 선생님도 다 아는 얘기 바꿔 말한 것뿐인데요, 뭐."

하 교수의 감성 덕분에 변명만큼은 언제나 시치미 뚝 떼고 가능했다. 그럼에도 문채은의 눈길에 담긴 반짝임은 사라지지 않았다.

"하 교수님은 아는 게 많다고 좋은 진단의가 될 수 있는 건 아니라고 매일 타박하세요. 민호 씨 보고 있으니까 그 말이 맞는 거 같아요. 암기가 아니라 잘 활용해야 하는데."

"지식이 없으면 그저 그런 진단의도 될 수 없죠."

민호는 씩 웃으며 앞서 가는 펠로우들의 뒤를 따랐다.

문채은은 뒤에서 조용히 민호를 지켜보다 엷은 미소를 지었다. 그리고 언제 미소를 지었느냐는 듯 다시 무표정이 됐다. 그러나 그녀의 눈길에는 처음 민호를 봤을 때만큼의 딱딱함이 담겨 있지 않았다.

하 교수의 방문 앞에 선 민호는 청진기를 든 의사가 사라진 복도 쪽을 살폈다.

'그나저나 30분 사이 또 발견이라니.'

상호작용하는 애장품이 이렇게 쉽게 발견된 이상, 이 병원은 민호에게 확실한 보물창고나 다름없어졌다.

"고환 축소?"

하 교수가 한참을 낄낄 웃었다.

"젊은이, 이거 물건이구만."

민호는 하 교수의 시선에 턱을 긁적였다. 이주영 건은 이제 끝. 해답이 나온 그 순간부터 흥미가 뚝 떨어진 느낌인 터라 어서 다른 케이스를 보고 싶은 욕구가 치밀어 올랐다.

"스테로이드 부작용이 의심돼. 치료법은?"

펠로우들이야 당연히 대답할 수 있는 말이었기에 하 교수의 물음은 문채은을 향해 있었다.

"환자가 호르몬 부작용을 겪고 있으니, 호르몬 처방 이외의 수단을 써야 합니다."

"오우, 좋아. 너희 둘 계속 붙어다니면 뻴소리 삼총사 자르고 그 돈으로 매일 회식할 수 있겠어."

이희철과 두 펠로우가 신음을 삼켰다. 하 교수는 탁자에서 일어나며 빠르게 지시했다.

"동수, 너는 가서 비스포스포네이트부터 먹이고, 호진이는 나 대신 회진 좀 돌아. 희철이는 소변 무슨 수를 쓰더라도 훔쳐서 확진. 들키면 네가 했다고 하고."

"교수님, 왜 저만 위험을……."

이희철의 앓는 소리에 하 교수가 웃으며 물었다.

"환자에게 서비스 개판이라고 이사진에 경고 먹는 게 낫겠어? 아님 내 핑계 대고 위기를 벗어났다가 잘리는 게 낫겠어?"

하 교수가 움직이라는 듯 손뼉을 탁 쳤다. 펠로우 셋이 각자의 할 일을 찾아 이동을 시작했다.

민호가 펠로우들을 보며 물었다.

"채은 선생님. 저희는 어디로 가요?"

"따라오세요."

문채은은 오전 회의가 끝나면 주로 회진 도는 일을 돕기에 호진 선배의 뒤를 따랐다.

"거기 문 인턴."

방 밖으로 나가려는 문채은을 하 교수가 불러 세웠다. 더불어 민호의 발걸음도 멈췄다.

"네, 교수님."

"옆에 젊은이는 떨궈놓고 가. 회진 별거 없잖아."

진단과에서 하 교수의 말은 절대적. 문채은은 민호에게 나중에 보자는 말을 남기고 바람처럼 사라졌다.

'헐, 뭐 이리 매정해.'

하 교수의 의도를 알 길 없는 민호는 조금 불안한 심정으로 맞은편에 앉았다.

"왜 저만……?"

"내 사무실에 이 짓을 해놨으면 그만한 대가는 치러야지."

하 교수가 방 곳곳에 심어진 카메라를 가리켰다.

"평소에 애들 보내놓고 부끄러운 짓하며 노는데 지금은 그럴 수가 없잖아. 내 심심함을 책임져야지."

실로 솔직하고 괴상한 이유였다.

"저랑 따로 하실 거라도 있나요?"

"많지."

하 교수가 서랍에서 두꺼운 책 하나를 꺼내 탁자에 올렸다.

'퀴즈 대사전'이라는 책자.

"'The Answer' 우승자랑 일대일로 퀴즈대결 해볼 기회가 얼마나 있겠어? 각자 아무 페이지나 열어서 손으로 짚으면 상대가 푸는 걸로."

하 교수가 만 원짜리를 옆에 올렸다.

민호로서는 '끙' 하는 한숨이 나올 상황이었다. 대놓고 동전을 쓰는 것을 보여줄 순 없기에 걱정하던 민호는 책자를 자세히 살펴보고 안도의 한숨을 내쉬었다.

뭔가를 푸는 걸 정말 좋아하는 하 교수답게 저 책자의 내용도 고스란히 느껴진 것이다.

유호진 선배를 따라 진단과 담당 환자를 회진 중이던 문채은은 2층의 복도 맞은편에서 걸어오는 최임혁 교수를 발견하고 얼른 허리를 숙였다.

"최 교수님."

"문 선생~"

하 교수를 대할 때와는 다르게 부드러운 표정이 된 그녀 앞으로 최임혁이 한달음에 걸어왔다.

"촬영은 어때? 할 만해?"

"다른 인턴은 모르겠는데 저는 그렇게 부담 안 되는 것 같아요."

"민호 군 되게 독특하지?"

뭔가 알고 있다는 듯한 최임혁의 눈길에 문채은이 되물었다.

"의대에 다니다 말았던 출연자도 있다고 들었는데, 민호 씨가 그 사람인가요?"

"그 사람은 모델인데 정형외과에서 아침부터 구르는 중. 문 선생도 알잖아, 정형외과 군기. 그건 그렇고. 민호 군이 뭐하는 사람인 줄은 감이 와?"

"연예인이잖아요."

"TV 나오면 다 연예인인 거 같지?"

평소에 인터넷 연예기사조차 안 보는 그녀였기에 당연하다는 듯 고개를 끄덕였다.

"그래서 겪어본 소감이 어때?"

"말하는 것도 그렇고 되게 여유가 있어요. 잘 몰라서 그런 게 아니라 잘 알아서 그러는 느낌 같다고 할까요?"

"하 교수 반응은?"

문채은은 자신의 옆을 가리켰다.

"빴겼어요."

최임혁은 껄껄 웃었다.

"좋아, 좋아. 저녁까지 잘 데리고 다녀 봐. 여러모로 쓸모 있을 거야."

'메디컬 24'시 출연진들이 식당에 함께 모여 점심을 먹는 시간.

민호는 남은 시간이 '20:43:23'을 지나고 있는 손목시계를 바라보았다. 시작은 좋았으나 그것도 1시간뿐. 남은 2시간을 내리 하 교수와 퀴즈만 푸는 것에 쏟다 보니, 여기가 어딘지, 난 누구인지 하는 표정이 되어 있었다.

게다가 이런 식의 표정은 비단 민호만 짓고 있는 것이 아니었다.

"괜찮으셨어요?"

민호는 반쯤 넋이 나가 있는 모델 고진수에게 물었다. 고진수는 부스스 고개를 돌리고 영혼이 빠진 음성으로 대답했다.

"제가 왜 의대를 그만뒀었는지 오랜만에 새록새록 떠올리는 중입니다."

정형외과 수술 자체는 목수의 그것과 크게 다르지 않다. 뼛조각을 맞추는 수술 특성상 망치, 전동 톱, 전동 드릴 등이 주 도구가 되기 때문인데, 고진수는 의사들 옆에서 힘을 써 가며 환자 몸을 고정해야 하는 고된 작업만 3시간을 돕다 나온 상태였다.

자신만만하게 나갔던 배우 임정원은 못 볼 걸 본 듯 계속 안색이 안 좋았다.

민호는 VJ 옆에 서 있던 작가에게서 임정원이 다녀온 곳이 대장항문외과임을 전해 듣고 아무 말도 건네지 않았다.

점심상을 앞에 두고 있었기 때문이다.

"으아, 애들 너무 귀여워."

소아센터를 돌아다니다 이제야 식당에 도착한 아나운서 정상욱은 유일하게 밝은 얼굴이었다. 예비 아빠기도 한 그였기에 무척 도움이 됐던 시간이라고 VJ를 보며 셀프 인터뷰 중이었다.

"민호 오빠!"

밥을 막 타와 민호 앞에 앉은 구하연은 목소리는 밝았으나 얼굴이 초췌했다.

"마취과도 힘들었어?"

"잠을 못 자서요."

구하연은 하품을 크게 하고 눈 밑에 내려앉은 다크서클을 매만졌다.

"들어보니까 저녁부터는 다 같이 응급실 근무한대요. 오후에 틈틈이 자두라고, 인턴 선생님께서 그러더라고요."

"진짜?"

민호는 역시 녹록치 않은 일정이라고 한숨을 쉬며 밥이라도 열심히 씹었다. 규모가 큰 병원답게 식당도 다양했고 맛도 좋았다.

"민호 오빠 데려간 인턴 언니 엄청 예쁘던데. 좋았죠?"

좋기는커녕 얼마 따라다니지도 못했다. 구하연은 민호의

눈치를 살피다가 지나가듯 말했다.

"마취과 오빠들이 아주 난리예요. 치, 나는 어리다고 인기도 없고."

"그건 말이야 하연아. 어려서 그런 게 아니라……."

민호는 아이돌 매니아 입장에서 이 사실을 말해줘야 하나 고민에 빠졌다. 흘끔 구하연의 가슴 언저리를 살핀 뒤 속으로 고개를 저었다.

'아직 희망은 있어. 성장은 20세까지라잖아.'

구하연이 속눈썹 짙은 눈을 추어올렸다.

"아니면요?"

"법이 그래. 20세 이상 남자들은 널 아직은 귀여운 동생으로만 생각해야 해."

"그럼 내년에는 오빠도 절……."

구하연이 입을 가리고 '킥킥' 웃으며 말을 잇는 도중 '삐삐' 하는 신호가 울렸다. 누구의 것인지 모르기에 저마다 옆구리를 들춰 호출기를 확인했다.

"내 거네?"

민호가 자리에서 일어났다.

"오빠, 밥도 다 못 먹었잖아요."

"어쩔 수 없어. 저녁에 보자, 하연아."

호출이 오면 무조건 뛴다. 이건 '메디컬 24시'의 사전 미팅에서 귀에 못 박히도록 들었던 제1법칙이었다.

부리나케 달려간 곳은 이주영 선수의 병실이었다. 민호가 도착했을 즈음엔 병실 안에 한차례 폭풍이 지나간 듯 어지러운 흔적이 만연했다.

“삐. 젊은이는 지각.”

하 교수의 지적에 민호는 고개를 숙였다.

“죄송합니다.”

민호는 빨리 뛰어왔다고 생각했음에도 자신보다 먼저 칼같이 도착해 있는 진단과 스태프들 뒤에 가만히 섰다. 하 교수의 방이 아니었기에 혹시 상황을 놓칠까 봐 반지부터 착용했다.

“환자 상태 보이지?”

하 교수는 침대 위의 이주영을 가리켰다. 진정제를 맞고 안정을 취하고 있는 이주영의 옆에 서 있던 하 교수는 바닥의 통을 발로 툭 찼다.

“안정화되어야 할 환자가 구토를 일으켰어. 무기력증에 근육 통증 호소. 간기능도 저하됐지.”

민호는 통 안에서 나오는 고약한 냄새에 이주영이 심한 구토를 일으켰음을 깨달았다. 펠로우 셋과 문채은도 억지로 냄새를 참느라 죽을 맛인 표정이었다.

하 교수는 두 손으로 코를 막았다.

"여긴 숨 막히니 일단 올라가지. 간호사! 방 좀 치워!"

이주영이 힘없는 미소로 의사들을 배웅했다. 민호는 그런 이주영이 측은해 힘내라는 눈인사를 건네고 밖으로 나왔다.

병실을 나서며 하 교수가 물었다.

"진단은?"

이희철이 대답했다.

"스테로이드 부작용이 아니라는 걸까요?"

"틀린 진단을 들고 청문회 하자는 게 아니라 새 진단을 내려 보라는 거야."

이희철이 고개를 숙이며 침묵했다.

"신장 기능이 생각보다 더 저하된 것 같습니다."

"급성신부전? 확실해? 그게 진단과 2년 차 펠로우의 최선이야?"

"쿠, 쿠싱 증후군?"

"놀고 있네."

다른 두 펠로우가 연속해서 침묵에 동참했다.

계단을 오르며 짜증 섞인 표정이 된 하 교수에 뒤따르던 스태프 모두 움찔했다. 복도를 지나 진단과 사무실 앞에 도착할 때까지 아무 의견들이 없자 하 교수의 시선이 민호를 향했다.

"문 인턴과 젊은이는 뭔가 아이디어 같은 거 없나?"

민호는 하 교수의 사무실 외벽에 손을 댔다.

"어쨌든 고환은 줄어들었어요. 남성 호르몬이 많지 않다는 증거는 확실하죠. 스테로이드를 사용했을 때 따라오는 부작용 중에 뭔가가……."

민호는 내심 문채은이 알아차려 주길 바라며 말꼬리를 흐렸다. 여기서 더 나가면 오전과는 달리 수습 불가한 지식을 뽐내게 된다.

"맞아, 간기능이 수치가 저하됐어요. 부신이 파괴돼서 아닐까요?"

천만다행으로 문채은이 알아채고 말을 받았다. 하 교수는 만족스러운 표정을 지은 채로 펠로우 셋에게 말했다.

"이봐. 삼총사. 난 찍어 맞추는 걸 원하는 게 아니야. 합리적인 추리 끝에 나온 결과를 신뢰하는 거지. 아무리 생각해도 이 셋 자르고 젊은이 하나 고용하는 게 훨씬 수지맞겠어."

펠로우 셋이 고개를 푹 숙이는 순간, 복도 한쪽에서 서른 후반 정도의 세련된 외모를 가진 의사가 나타났다.

"부신기능부전이면 스테로이드로 치료해야 합니다."

민호는 의사의 목에 걸린 빛나는 청진기를 보며 눈이 커졌다. 누군지 궁금해하는 민호의 눈길에 문채은이 작은 목소리로 '장기이식센터의 부교수 박주원'이라고 설명해 주었다.

하 교수의 시선이 박주원을 향했다.

"박 선생은 다른 의견이 있나 봐?"

"스테로이드를 쓰면 최초의 원인인 뼈감소증은 해결해도 신장이 날아갑니다."

하 교수가 재밌다는 표정이 되어 대답했다.

"그러면 박 선생이 신장이식 해주면 되잖아. 국내 최고의 외과의가 말이야."

"하나 얻고 하나를 버리는 건 치료가 아닙니다."

"둘 다 얻으려다 둘 다 버리는 것도 치료는 아니지. 그건 좋은 말이 있어. '살인'이라고."

불꽃이라도 튈 것 같은 두 사람의 눈길.

복도의 분위기가 얼어붙자 가뜩이나 기죽어 있던 펠로우 셋의 안색이 초조하게 타들어갔다. 만나기만 하면 첨예하게 부딪히는 두 사람이었기에 아랫사람 입장에선 뭐라고 편을 들기도 어려웠다.

민호는 그에 반해 오로지 애장품 생각뿐이었다.

하 교수의 애장공간이 빛나고 박주원의 청진기도 빛나고 있다. 민호는 이것으로 이주영에 대한 문제를 해결할 수 있을지 모른다는 생각이 들자, 하 교수의 뻔뻔함이 등을 떠미는 것이 느껴졌다.

'일단 참아.'

그러나 욕구는 점점 더 강해졌다. 그사이 문채은이 하 교수와 박주원 사이에 끼어들었다.

"이러지 마시고 안에 들어가서 대화하세요."

두 사람이 안으로 움직이려는 찰나. 민호는 참지 못하고 바로 행동에 들어갔다.

몸집 있는 이희철의 발에 걸려 비틀하다 박주원의 옆으로 넘어지는 각도. 그렇게 허우적거리며 박주원의 목의 청진기를 톡 하고 손댔다. 하 교수의 뻔뻔함과 반지로 증가한 민첩함 덕분인지 감쪽같았다.

쿵.

소리는 요란했지만, 본능적인 낙법으로 그리 아프진 않았다.

"민호 씨!"

문채은이 놀라 다가섰다.

"괜찮아요."

벌떡 일어난 민호는 옷을 털며 가만히 두 애장품의 여운을 느꼈다.

'언빌리버블!'

애장품에서 손을 떼고 나서도 짧은 시간 활용할 수 있게 된 후부터 양쪽에 손을 댄 것만으로도 순간적인 상호작용이 나타났다.

번뜩이는 생각들.

구토한 것을 담은 쓰레기통과 이주영의 모습이 차례대로 떠올랐다 사라졌다. 다들 코를 찡그리는 와중에 이주영만 무감각해 보이던 모습은 분명히 이상했다. 지금껏 진단을 내린 어떤 병명도 후각이 마비되는 증상은 없었다.

이 증상은 오히려 카드뮴 중독과 유사했다.

물 흐르듯 이어지던 민호의 사고력은 스테로이드를 진단하고 고환을 구경하던 때까지 올라갔다.

'가만, 보약?'

두 애장품의 여운이 사라지고 번뜩이던 생각들도 잠잠해졌다. 그러나 민호의 입가에는 미소가 어렸다.

찾았다. 해답을.

민호는 문채은의 어깨를 톡 건드려 잠시만이라는 눈짓을 보냈다. 그리고 그녀에게 귓속말을 건넸다. 눈이 커진 그녀가 안으로 들어가 이야기하자 싸우기 직전이던 하 교수와 박 주원도 고개를 끄덕였다.

"그, 그럴 리가요."

매니저는 진단 결과를 듣자마자 안색이 변했다. 진단과 펠로우들이 그를 더욱 추궁하자 변명이 이어졌다.

"중국 브로커를 통해 구입한 거긴 해요. 하지만 천만 원 가치는 맞아요! 한국에서 감정까지 했는데요? 이것저것 좋은 약재도 끼워줬는데……."

"중국?"

우락부락한 매니저의 인상이 쥐구멍이라도 있으면 들어가고 싶을 정도로 위축되는 것을 보며, 최종 진단이 내려졌다.

"산삼에 카드뮴 양념이라. 몸에 좋은 거야 나쁜 거야?"

"먹고 잘 뛰었다가 후유증으로 누워 있으니 반반이겠지."

펠로우들이 중독 치료실 유리창 밖에서 대화를 나누는 사이 안에서는 작업 준비가 끝났다.

이주영의 정맥주사에 항산화제를 넣고 동시에 체외배설을 시키는 방법. 이식뿐만 아니라 신장내과 분야에도 조예가 깊은 박주원이 안에서 직접 치료 과정을 지시했다.

밖에 서 있던 민호도 과정을 지켜보며 다행이라는 표정을 지었다. 이대로 문제를 발견하지 못했으면 이주영은 정말 사망했을 것이다.

"보약이 문제인 건 어떻게 아셨어요?"

옆에서 조용히 서 있던 문채은이 물어왔다.

"그러게요. 어떻게 알았을까요?"

"네?"

민호는 이성을 유혹하려 드는 묘한 미소를 짓다가 아직 반지를 끼고 있음을 깨닫고 얼른 뺐다.

"그냥 운이 좋았어요."

더 변명할 거리를 생각하던 와중에 다행히도 휴대폰이 울렸다. 아침에 헤어진 공 매니저였기에 양해를 구하고 냉큼 복도 끝으로 움직였다.

–민호 씨. 지금 통화되세요?

"네, 괜찮아요. 무슨 일이죠?"

조금 다급한 기색의 목소리였기에 민호도 긴장이 일었다.

–서은하 씨가 촬영 중에 발목을 접질려서 지금 AN 병원으로 향하고 있답니다.

"은하 씨가요?"

–서은하 씨가 매니저 없이 움직이는 건 아시죠? 그것 때문에 당장 보호자가 없어요. 삔 것뿐이니 아버님께는 연락하지 말아 달라고 부탁하시네요. 혹시 민호 씨가 서은하 씨에게 갈 수 있다면 잠깐만 보호를 부탁드려도 될까요? 제가 지금 교외라 들어가는 데 시간이 좀 걸릴 것 같습니다.

민호는 휴대폰을 내리고 문채은에게 다가왔다.

"채은 선생님. 응급실이 어딘지 좀 알려주세요."

AN 병원 서관 입구.

택시의 뒷좌석에서 모자를 푹 눌러쓴 서은하가 내려섰다. 가벼운 운동복 차림의 그녀는 왼발이 아픈지 절뚝거리며 몸을 돌렸다. 그리고 택시의 문을 닫으며 인사했다.

"감사해요, 기사님."

"치료 잘해요."

택시가 떠나고, 그녀의 시선이 병원으로 향했다.

"와, 크다."

그녀는 구급차가 오가는 와중에 환자와 보호자들의 통행으로 정신없어 보이는 안쪽을 보며 어디로 가야 할지 갈피를 잡지 못했다.

서관, 동관, 신관. 나란히 늘어선 대형 건물만 3개였다.

'괜히 여기로 왔나 봐.'

실력 좋은 의사가 있다는 임소희 사장의 추천이 아니었다면 그냥 동네 병원으로 갔을 것이다. 병원 약도가 입구 옆에 보여 걸어가던 중에 휴대폰이 울려 손에 들었다.

"민호 씨? 무슨 일이에요, 이 시간에?"

–그건 제가 물어야 할 소리 같은데요? 다쳤다면서요?

서은하는 발목을 약간 접질려 회사에 연락해 둔 것이 돌고 돌아 민호에게까지 흘러들었음을 깨닫고 황급히 대답했다.

"별거 아니에요. 물리치료 좀 받고 하면……."

–보이네요.

"네?"

'뭐가 보이지?' 하며 어리둥절해하는 서은하의 앞으로 민호가 불쑥 나타났다. "엄마야!" 하고 짧은 비명을 내뱉는 그녀에게 민호가 싱긋 웃으며 손을 흔들었다.

"오랜만이에요, 은하 씨."

"놀랐잖아요."

어떻게 여기에 있는지를 묻는 그녀의 눈빛에 민호는 병원 안쪽을 가리켰다.

"일단 가요. 이주영 선수 치료 과정 촬영 도중에 몰래 빠져나온 거라 시간이 얼마 없어요."

"촬영이요?"

민호는 마침 저 멀리 신관의 소아센터에서 걸어 나오는 정상욱을 가리켰다. 그의 근처로 VJ 두 사람과 김 PD까지 따라붙으며 촬영 중이었다.

"어? SBC 아나운서 분 아녜요?"

"맞아요. 저분이랑 다른 세 사람하고 이 병원에서 '메디컬 24시'라는 리얼리티프로를 찍고 있어요."

서은하는 민호의 아래위를 다시금 바라보았다. 수술실에 들어가는 의사나 간호사가 입을 법한 녹색의 면 옷. 그리고 보니 흰 가운만 걸치지 않았다 뿐이지 병원 관계자와 비슷한 옷차림이었다.

"새 예능이군요."

이 말과 함께 걸음을 옮기던 서은하는 발목의 통증에 "으읏" 하며 눈썹을 살짝 찌푸렸다. 민호는 얼른 그녀의 팔을 붙잡았다.

"부축해 줄게요."

"고마워요."

민호는 서은하의 왼쪽 발목에 무리가 가지 않게 팔에 힘을 주어 그녀가 기댈 수 있게 지탱했다. 오면서 혹시 몰라 하 교수의 방에 손을 대고 왔기에 지식이 떠오르자 그도 모르게 입을 열었다.

"발목염좌 우습게 보면 큰일 나요. 인대나 연골은 다치고 난 뒤에 적절한 조치도 취하지 않으면 중증 관절염의 원인이 되거든요."

민호에게 의지한 채 걷고 있던 서은하가 피식 웃었다.

"네, 선생님."

언제 봐도 싱그러운 그녀의 눈웃음을 마주하자 민호는 헛기침하며 고개를 돌렸다.

"오늘 민호 씨 관심은 의학인가 봐요?"

"병원 프로그램을 하다 보니, 뭐……."

"다른 의사 선생님들 놀랄 만큼 지식 뽐내고 그러고 있었죠?"

"설마요."

"그랬구나."

오전의 상황을 미리 본 것처럼 머릿속에 그리고 있는 듯한 서은하의 눈길에는 민호는 조용히 먼 산을 응시했다.

"참, 저 재활의학과? 그곳으로 가야 해요."

"정형외과가 아니라요?"

"임소희 사장님이 그리로 예약해 주셨어요. 스포츠외상센터가 무척 유명하다고."

경황이 없어 응급실부터 떠올렸던 민호에게 문채은은 염좌라면 정형외과로 가야 한다고 침착히 알려주었다. 그래서 정형외과의 위치만 듣고 한달음에 내달려 온 민호였기에 일단 당황에 빠졌다.

'나름 멋있게 나타났는데 여기서 길을 물어볼 순 없지.'

병원 입구로 들어선 민호는 서관 13층, 동관 18층의 복잡한 약도가 그려진 벽에 시선이 머물렀다. 왼손으로 주머니에 손을 넣어 반지를 슥삭 착용하고 약도를 눈으로 사진 찍듯 훑었다.

'동관 4층 11시 방향. 오케이.'

반지는 뺐다. 서은하 앞에서 바람둥이로 찍히면 곤란하니까.

5분 후.

민호는 서은하를 대기실 의자에 조심스레 앉혀 놓은 뒤 접수대로 향했다.

"예약했어요."

"이름이 어떻게 되시죠?"

"서은하요."

안내직원이 접수 내역을 체크하는 사이 민호는 재활의학과 부속으로 있는 스포츠외상센터의 시설들을 살펴보았다. 투명한 유리벽 너머로 운동치료, 열전기치료를 하는 넓은 공간이 보였다. 안에는 환자들로 북새통이었다.

'어어?'

민호는 중앙의 물리치료실 입구에 빛이 어려 있는 것을 보고 입을 벌렸다. 저곳은 또 다른 애장공간이었다.

"발견!"

"네?"

"아니에요. 여기 시설 무척 좋아 보여서요."

예약확인을 끝낸 직원이 대답했다.

"서은하 씨 예약은 갑자기 들어온 일정이군요. 치료실 3번 침대에서 대기하시겠어요? 진료해 주실 담당 선생님께서 바쁘셔서 30분 정도 기다리셔야 해요."

안내원의 손짓을 따라 치료실 위치를 확인한 민호는 가운데의 물리치료실과 가까운 것을 보고 속으로 환호하며 서은하에게 돌아왔다.

“30분 정도 걸린다네요. 가요, 치료실에서 편하게 있어요.”

“민호 씨, 그 전에 가셔야 하는 거 아니에요? 여기서부터는 저 혼자 있어도 돼요.”

“급하면 호출기 울릴 테니 걱정 마요. 공 매니저님 오실 때까지는 기다려야죠.”

물론 저 애장공간도 한번 만져보고 말이다. 민호는 다시 서은하를 부축해 치료실로 향했다.

도착한 곳은 칸막이로 구분해 놓은 침대들이 늘어선 장소였다. 입구 왼편에는 온열기와 전기치료 기구들이 가지런히 정리되어 환자를 기다리는 중이었고, 오른편에는 옆 치료실과 이어진 외벽이 자리해 있었다.

3번 침대에 서은하를 부축해 앉힌 민호의 시선은 당연히 빛나고 있는 벽을 향했다.

‘재활의학과 의사의 능력일까?’

민호는 누구의 애장공간일지 두근거림을 느끼며 서은하가 편안하게 몸을 누울 수 있도록 등에 베개를 대주었다.

“고마워요.”

“뭘요…….”

어딘가 넋이 나가 있는 민호의 대답에 서은하는 고개를 위로 올렸다. 자신을 도와주는 와중에도 멍하니 벽을 바라보고 있는 민호. '또 뭐가 그리 신기해서 저러는 걸까?' 하고 그녀도 모르게 웃음이 나왔다.

"은하 씨, 잠깐만요."

민호는 침대 끝에 닿아 있는 벽 쪽으로 걸어가 손을 댔다. 빛이 사라지고, 치료실을 쭉 살피던 민호의 시야에 운동화를 벗고 발을 왼발을 만지작거리고 있는 서은하가 들어왔다.

"많이 아파요?"

"건드리지만 않으면 견딜 만……."

서은하는 어느새 그녀의 코앞에 다가와 발목 부위를 유심히 들여다보고 있는 민호를 마주하고 멈칫했다. 뭔가 발만 보여주는 것뿐인데도 부끄러워져 그녀의 뺨이 발그레 상기됐다.

민호가 조심스레 물었다.

"잠깐만 만지면 통증을 완화해 드릴 수 있는데, 괜찮을까요?"

진지한 얼굴과 눈빛. 저럴 때의 민호는 무척 듬직하다는 것을 몇 번 체감했기에 서은하는 말없이 고개를 끄덕였다.

"정자세로 누워 봐요."

민호는 서은하의 왼쪽 다리를 받침대 위에 올렸다. 그리고 그녀의 왼쪽 발목 아래를 부드럽게 감싸 쥐었다. 살포시 건

드렸음에도 경직된 근육의 결 하나하나가 손끝을 통해 감각적으로 전해졌다.

'저긴 물리치료사의 애장공간 같아.'

관절운동, 심부마사지, 교정요법, 광범위 스트레칭에 대한 기법들이 머릿속에 선명하게 그려졌다. 그것들이 다시 희미해지려는 찰나 손으로 벽을 살짝 터치했다. 다시 지식이 선명해졌다.

민호가 손상된 인대 부위 주변의 근육을 지그시 누르자 서은하는 나직이 "아!" 하는 신음을 흘렸다.

"아파요?"

"아, 아니요."

민호의 손끝을 타고 전해지는 시원함에 서은하도 의식하지 못하는 사이에 발가락이 오므려졌다. 수줍음이 절로 일어난 그녀는 그렇지 않은 척 민호에게 말을 걸었다.

"이런 건 어디서 배웠어요?"

"어린이 야구단."

"진짜요?"

눈이 휘둥그레진 서은하를 보며 민호는 풋 웃었다.

"아니요. 프로게이머 하다 보면 특성상 손가락, 손목관절 관리가 필수라 스트레칭이랑 마사지를 좀 배워뒀어요."

당연히 거짓말이었다. 이건 도수치료라는 훨씬 전문적인

영역의 것이었지만, 서은하의 아픔을 완화한다는 목적이 있었기에 민호는 아무 거리낌 없이 변명했다.

서은하는 민호가 발목을 어루만지고 있다는 사실에 자꾸 설레면서도, 정말 아픔이 사라지고 있자 어찌할 줄을 몰라 괜히 뺨만 더 붉어졌다.

마사지하듯 근육을 풀어주던 민호가 물었다.

"테니스 하다 다친 거죠?"

"네."

"촬영이 힘들었나 봐요?"

"첫 경기 신을 잘하려다 제가 무리를 했어요."

"시작하고 끝나고 스트레칭 안 했죠? 근육이 너무 뭉쳤어요."

도수치료 도중 상담까지 편안하게 진행하는 민호의 솜씨는 숙련된 물리치료사의 그것이었다.

"민호 씨, 진짜 능력자예요. 이젠 못하는 게 뭘까 궁금해요."

"아직 잘하는 것보다 못하는 게 훨씬 많으니 그런 거에 머리 싸맬 필요 없어요."

계속된 마사지에 서은하는 왼쪽 발목의 통증이 거의 느껴지지 않아 감탄한 표정으로 민호를 바라보았다. 그러다 민호의 이마에 송골송골 땀이 맺혀가고 있는 것을 발견했다.

"힘들죠?"

"괜찮아요."

민호가 재밌어서 시도하는 것이기에 힘들 리가 없었으나 서은하는 그저 미안해졌다.

"저 이제 괜찮아요."

"아직 10분 더 해야 해요."

힘든 내색 없이 작업에만 열중하는 그를 보며 서은하의 입가에 미소가 번졌다. 그녀는 '고마워요'라고 들릴 듯 말 듯 아주 작게 소곤거렸다. 드라마 촬영이다, 새 학기다, 눈코 뜰 새 없이 바쁠 시기에 이렇게 달콤한 시간이라니.

그렇게 5분여가 지났다. 그리고 서은하에게 위기가 찾아왔다. 어제도 이어진 밤샘 촬영 덕분에 눈꺼풀이 점점 무거워진 것이다. 하품하다 고개를 휘휘 저으며 눈을 부릅뜨는 그녀에게 민호가 말했다.

"눈 붙여요."

"그럴 순 없죠."

서은하는 의지로 버텨냈다. 휴식 시간에 졸리면 세상모르고 자는 그녀였으나 지금은 그러기 싫었다. 무언가에 열중해 있는 민호의 모습을 오랜만에 지켜보는 것도 재밌고, 발목에 느껴지는 따뜻한 민호의 손길도 부끄럽지만 즐거웠다.

"어이쿠, 민호 씨. 촬영 중인데 정말 죄송합니다."

막 물리 치료실 입구에 도착한 공 매니저는 헐레벌떡거리며 민호의 앞에 섰다.

민호는 서은하의 치료 경과를 들려주었다.

"담당 선생님 진료 끝나고 저기서 물리치료 받고 있어요. 일주일 정도만 잘 휴식을 취하면 괜찮을 거라네요."

"휴우. 다행입니다."

"저는 촬영이 내일 아침까지 풀로 이어진다니까 오늘은 계속 서은하 씨만 돌봐주세요."

"아, 민호 씨!"

공 매니저는 떠날 채비를 하는 민호를 불렀다.

"네?"

"혹시 서은하 씨가 촬영하는 드라마 작가님하고 아시는 사이입니까?"

"지난번에 테니스 한번 했어요."

'왜요?'라는 민호의 눈길에 공 매니저가 바로 대답했다.

"민호 씨에게 '사계절의 행운' 드라마 카메오 섭외가 들어왔습니다. 드라마 작가님이 CF 영상을 보시고 꼭 좀 출연해 달라고 하시더군요. 아직 방영 전이지만 사장님은 시청률이 높게 나올 것이라 확신해서 수락해 주셨으면 하고요."

"에이, 저 연기 못해요."

이 대답이 나올 것을 예측한 공 매니저가 목소리를 낮춰 말했다.

"작가님께서 따로 말씀하셨습니다. 대본을 민호 씨에게 맞게 고쳐 주실 수 있다고. 서은하 씨의 첫사랑 배역으로 키스신도……."

"키, 키, 키스? 크흠, 흠! 연기야 배우면 늘겠죠?"

바로 승락한 민호를 보며 공 매니저는 회심의 미소를 지었다.

민호는 오후 2시부터 다시 문채은을 따라다니며 바쁜 시간을 보냈다. 펠로우, 레지던트를 보필하는 인턴의 잡무란 것은 한두 가지가 아니었다.

CT 촬영방에서 우리과 CT 좀 먼저 촬영해 달라고 떼를 쓰거나, 담당 병동을 돌며 환자가 앓고 있는 질환과 몸 상태를 주기적으로 체크하고 펠로우들에게 보고해 재지시를 받거나, 차트 정리, 새환자 기록, 진단회의 전에 쓰일 각종 기본 검사까지.

응급실에서 특이한 환자에 대한 소견 때문에 호출을 받아 달려갔더니 아무 일도 아니었을 때는, 매일 이렇게 지내온 문채은도 꽤나 지친 기색이었다.

그렇게 민호의 손목에 붙어 있는 시계가 '15:13:32' 남았다고 가리켰을 때, 저녁이 찾아왔다.

로비의 게시판에서 응급실 당직표를 보고 있던 문채은은 조용히 한숨을 내뱉었다.

"역시 저도 당직이네요."

"저 때문인가요?"

"아니요. 최 교수님 때문에요."

문채은은 서관에 있는 응급의료센터로 향하며 말을 이었다.

"오늘 민호 씨 덕분에 하 교수님께 점수 땄으니 이 정도는 감수해야죠."

응급센터의 앞에는 점심 이후 못 봤던 출연진과 함께한 인턴이 모두 모여 있었다. 대장항문외과의 임정원과 정형외과의 고진수는 어깨를 축 늘어뜨린 채였고, 구하연은 한쪽 침대에 누워 기절 중이었다.

그나마 팔팔한 정상욱이 민호를 보며 반갑게 손짓했다.

"강민호 씨. 우리 인턴 선생님 이야기 들어보니 오늘 활약 대단했다면서요?"

"아니에요."

민호는 적극 부인했다.

"무슨. 하우선 교수님이 인정할 정도면 엄청 대단한 거라던데?"

"맞아요. 대단한 거."

옆에 있던 문채은이 살짝 웃으며 고개를 끄덕였다. 그녀가 온종일 웃는 표정을 별로 짓지 않았던 탓에 민호의 VJ는 반사적으로 그녀의 얼굴을 클로즈업했다.

정상욱이 민호의 옆구리를 쿡 찌르며 말했다.

"그거 봐. 여기 미녀 선생님도 그렇다잖아."

그런 민호를 부러운 듯 바라보고 있던 임정원은 한숨을 내쉬며 말했다.

"나는 대장 내시경 구경하다가 중간에 토했잖아. 어우, 진짜 대장과 선생님들 대단하더라."

말할 힘도 없어 보이는 고진수는 고개만 끄덕이며 하루 일과에서 가장 와 닿았던 부분을 몸짓으로 표현해 주었다.

출연진들과 인턴이 하루의 경험에 대해 대화를 나누는 사이, 건장한 체격의 중년 남자 하나가 센터 입구에 나타났다.

"교대 안 하나?"

오늘 밤, 응급센터를 책임질 선임의 등장에 인턴 모두 정신을 바짝 차리고 자세를 바로 했다. 문채은이 민호에게 귓속말로 '응급의학과 조교수 나치수'라고 말해주었다.

거친 인상의 나치수가 좌중을 훑어보다 한쪽에서 쿨쿨 자는 구하연에게 시선이 미쳤다.

'이런.'

민호는 분위기가 심상치 않아 즉시 뛰어가 구하연을 일으켜 세웠다.

"우음. 오빠, 왜요?"

나치수는 그걸 보며 조용히 혀를 찼다.

"인턴 나부랭이들하고 당직이라니. 촬영이다 뭐다 난 신경 안 써. 그러니 환자에게 해가 될 수 있다고 판단되면 다 쫓아내겠어."

100% 실제 으름장에 출연진과 VJ들도 긴장해 나치수를 바라봤다. 멀리서 지켜보고 있던 김 PD는 재밌다는 표정이었으나, 내내 밝은 얼굴이었던 정상욱은 표정이 굳어졌다.

"근무 시작 전에 이 응급실을 돌아다니는 인턴들이 지켜야 할 규칙을 말해 주겠어."

나치수는 인턴 다섯을 쏘아보았다.

"나는 인턴이 싫고 이게 바뀔 일은 없을 거다. 너희는 인턴이자 졸병이고 존재 없는 인간이자 응급실 먹이사슬의 최하위에 위치한다."

민호는 깨운 구하연을 옆에 세우다 나치수와 눈이 마주쳐 움찔 놀랐다.

"환자 기록은 정확히, 호출기가 울리기 전에 달린다. 병실을 뛰어다니고, 처방을 기록하고, 주저앉을 때까지 일한다.

그리고 불평하지 않는다. 이상.”

나치수가 등을 돌려 사라졌다. 그가 응급의학과의 의국 안으로 들어가 완전히 모습을 보이지 않고 나서야 모두가 긴장으로 들이켰던 숨을 내뱉었다.

“오오, 저 의사 선생님 포스 장난 아니네요.”

구하연만이 철없이 얘기할 뿐, 나머지는 오늘 밤 내내 죽었다는 걱정부터 하기 시작했다.

“민호 군.”

응급센터 안을 살피며 애장품이 있나 기웃하던 민호는 등 뒤에서 그를 부른 소리에 고개를 돌렸다.

응급의학과장 최임혁이었다.

“잠깐 내 사무실 가서 얘기 좀 하겠나?”

아버지의 친구이자 애장품을 활용할 수 있다는 사실을 알고 있는 그. 민호는 종일 바빠 잊고 있었던 것 하나를 떠올렸다. 며칠 전 그는 분명히 자신에게 애장품이 있는지 없는지 확인해 달라고 했었다.

‘최 교수님도 애장품이 있을지 몰라.’

최임혁이 애장품을 지니고 있다면 마음 편하게 빌릴 수 있을 가능성이 컸다.

민호는 최임혁의 뒤를 따르며 기대감에 부풀어 올랐다.

최임혁의 사무실은 넓은 응급센터를 한눈에 바라볼 수 있는 곳에 있었다. 유리창 근처에 서서 응급실 풍경을 내려다보고 있던 민호에게 의자에 앉아 있던 최임혁의 물음이 날아들었다.

"하우선 교수는 방 전체가 그만의 공간이었다는 거지?"

민호는 고개를 끄덕였다.

"다른 것도 찾았나?"

"최 교수님 말대로 곳곳에 많았어요. 박주원 선생님도 그렇고 물리 치료실도 그렇고."

전부 돌아본 것도 아니고 발길이 닿는 곳에서만 3개를 찾았다.

"주원 선생이라면 그럴 만하지. 신장이식 분야에서는 권위자니까. 물리 치료실이라면 진영환 치료사님을 말하는 거겠군. 그분 도수치료 받으려면 예약 안 하고는 힘들거든."

최임혁은 이렇게 말한 뒤에 눈을 빛내며 물었다.

"그래, 여기는? 이 방은 아무것도 없나?"

방은 물론이고 둘러봐도 은은한 빛이 어려 있는 물건은 없었다. 민호는 아쉽다는 듯 고개를 저었다.

"없네요."

"자네의 그 능력이라는 것은 한 사람이 어떤 물건에 꾸준히 애정을 쏟아 부을 때 사용할 수 있는 것 맞지?"

"대충 비슷해요."

"그렇다면……."

최임혁이 서랍에서 무언가를 꺼냈다.

"버스 사고 때 이 녀석이 쿠션 역할을 해줬지. 안 그랬으면 파편에 흉부가 꿰뚫려 윤환이도 날 살려내지 못했을 거야. 그때부터 보물이 됐네, 이게."

한가운데 구멍이 뚫려 있고 거의 다 타들어가 앞장의 일부분만 남은 책자. 영문으로 '그레이 해부학'이라 적혀 있는 그것을 보며 민호의 눈이 커졌다.

"보물치고는 많이 상했지? 탄자니아 NGO 활동을 할 때 짐을 도둑맞은 적이 있거든. 쓰레기장에서 가방을 찾았는데 이 녀석이 용케 살아남았더군. 아주 질겨."

최임혁은 그가 가장 아끼는 부적을 민호에게 내밀었다.

민호는 책 전반에 흐르고 있는 은은한 빛에 홀려 눈이 초롱초롱해졌다. 손에 쥐자 빛은 곧 사라졌다. 민호는 다시 창밖으로 보이는 응급실에 시선이 머물렀다.

'아…….'

등대 같은 위치. 이 자리에선 응급실 돌아가는 모습이 무척 세밀하게 들어왔다. 50여 개의 침상이 빼곡하게 나뉘어 자리한 저 칸칸의 치료실들은 하루 평균 300명의 환자가 오가는 치열한 생존의 현장이었다.

–환자의 감각이 없어요. 요골, 정중, 척골신경 전부.

–지금 개복하지 않으면 죽습니다!

수많은 환자를 접하고 살려온 최임혁만의 인상적인 경험들이 이 애장품 안에 녹아 있었다.

"어떤가?"

최임혁의 물음에 민호는 '대단하다'라는 말밖에 할 말이 없었다.

민호는 막 구급대원과 함께 실려 들어와 2번 외상치료실로 향하는 환자를 보며 말했다.

"저 환자 오른쪽 무릎 개방성 골절 같은데요? 가보셔야 하는 거 아니에요?"

골절과 찢어진 상처가 동시에 일어나 뼈 부위가 외부와 통해 있는 상태. 세균 감염의 위험성이 높기에 빠른 응급처치가 필수였다. 자칫 뼈에 세균이 감염되어 골수염이라도 생기면 난치병으로 번지니까.

걱정스러운 민호의 표정과는 달리 최임혁은 여유가 있었다.

"치수 혼자 케어할 수 있어. 정 안 되면 콜할 거야."

"나 선생님 실력이 그 정도나 돼요?"

"정형외과에 있다 응급의학과로 왔거든. 차기 교수 싸움에서 밀려나 온 거긴 하지만. 뭐, 덕분에 여기서 조교수하고.

잘됐지."

나치수가 달려가자 VJ의 카메라가 따라붙는 것이 보였다. 응급치료에 이렇게 풍부한 경험을 가진 최임혁의 말이었기에 민호는 고개를 끄덕이며 수긍했다.

최임혁은 그의 부적을 손에 쥐고 감탄 중인 민호를 지켜보다 이야기를 꺼냈다.

"그렇다면 말이네. 내 능력을 보유한 자네 실력은 어느 정도일 것 같나?"

민호는 의사도 아닌 자신의 실력을 평가하라는 최임혁의 물음에 머쓱한 표정을 지었다.

"최 교수님이 중증외상환자를 살리는 데 대단한 감과 기술이 있다는 건 알겠어요. 지금 들어온 환자를 보니까 대량의 세척과 항생제를 사용하고 응급 수술을 하는 과정이 일목요연하게 떠올랐으니까요."

민호는 자신의 오른 손바닥을 펼쳐 보였다.

"그런데 이 손은 그런 수술을 한 번도 안 해봤거든요. 작은 실수로 환자의 생명이 오락가락하는 와중에 제가 그걸 해낼 수 있을 것 같진 않아요."

"지식은 전문의인데 손은 수련의라 이건가?"

"따지자면 그게 비슷한 비유 같아요."

민호의 대답에 최임혁은 조용히 중얼거렸다.

"필요한 건 임상 경험이라 이 말이지."

"네?"

"아, 아니네. 기왕 온 것 오늘 그걸 들고 다니며 활용해 보지 않겠나? 밤새 치수 선생에게 욕 들어 먹을 인턴들 도와주고 그러게나."

안 그래도 빌리는 걸 부탁하려 했는데 마침 잘됐다 싶어 민호는 활짝 웃으며 고개를 끄덕였다.

민호가 최임혁 교수의 방에서 나왔을 때는 갓 들어온 응급 환자의 치료가 한창이었다. 2번 외상치료실 밖에서만 지켜보는데도 안쪽의 긴박함이 확 느껴졌다.

'메디컬 24시' 촬영 팀과 출연진 모두는 안쪽의 출입을 허락받지 못했기에 복도에서만 지켜보는 중이었다.

"어떻게 된 거래?"

정상욱의 말에 대답해 줄 전문가는 아무도 없었다.

"민호 오빠."

구하연이 민호의 앞으로 다가왔다.

"아까 못 보셨죠? 다리가, 어휴. 피가 철철 넘치는 아저씨 한 분이 실려 왔어요. 공장에서 다쳤대요."

"실려 오는 건 봤어."

"엄청 아파하시는데 쳐다도 못 보겠는 거 있죠."

구하연의 팔이 파르르 떨리기에 민호는 어깨를 토닥여 주었다.

"괜찮을 거야. 나치수 선생님 정형외과 출신이라 실력 좋으시다니까."

유리창 너머, 나치수가 환자의 무릎 부위의 상처를 세척하는 모습이 보였다. 최임혁의 책을 허리춤에 묶어두고 있었기에 민호는 그다음 과정도 선명하게 머릿속에 그려졌다.

정상욱이 고개를 절레절레 흔들었다.

"저 쇠는 뭐지? 으으, 살 속에 막 집어넣네. 아프겠어."

차마 수술 장면을 보지 못하던 구하연이 이 말에 어깨를 더욱 움츠렸다. 민호는 구하연의 반응에 침착하게 설명했다.

"치료는 잘되고 있어. 저건 외부에서 기구로 뼈를 고정하는 작업인데, 상처부터 아물게 하려고 먼저 달아 놓는 거야. 개방성 골절치료에 중요한 게 감염 방지인데 그건 잘 처리됐으니, 이제 외고정기구가 제대로 자리 잡았나 엑스레이만 찍어보면……."

말을 하다말고 민호는 헛기침했다. 구하연은 물론이고 정상욱까지 "오!" 하며 고개를 돌린 까닭이었다. 고진수와 임정원도 놀랐다는 표정을 짓고 있자 민호는 싱긋 웃으며 응급실 이 층을 가리켰다.

"오기 전에 과장님께 들은 얘기예요."

잠시 후, 응급실 교대 1시간 만에 옷에 피가 흥건하게 젖은 인턴들이 걸어 나왔다.

"시작이구나."

"시작이야."

다들 풀이 죽은 기색이었으나 문채은은 그 와중에도 평정심을 유지한 채였다.

뒤이어 나치수가 밖으로 나왔다.

"왜들 가로막고 있어? 환자 나가잖아."

이 말에 복도에 서 있던 이들 모두 우르르 길을 비켰다.

응급시술이 끝난 환자가 안정실로 옮겨지는 사이 나치수가 1, 2번 응급진료실을 가리켰다.

"환자들이 저렇게 밀려 있는데 노닥거릴 시간이 있을까?"

교대 순번에 따라 정상욱이 따라다니는 인턴이 먼저 움직였다. 정상욱은 "아직 저녁도 안 먹었는데"라고 투덜거리며 그 뒤를 따랐다. 이어 구하연이 따라다니던 인턴도 움직였다. 민호는 힘내라며 구하연의 등을 두드려 주었다.

문채은이 민호의 앞에 섰다.

"우린 저녁부터 빨리 해결하죠."

"어디서요?"

병원 내 편의점 안.

민호는 컵라면 면발을 후루룩 넘기며 점심도 제대로 못 먹었다는 것을 떠올렸다. 덕분에 한 그릇 뚝딱 해치우는데 채 3분이 걸리지 않았다. 국물을 한 모금 마시며 오늘 고생한 위장에 뜨끈하고 자극적인 스프맛을 선사했다.

'이것이 노동 뒤에 오는 꿀맛.'

노동이 끝나지 않았다는 사실이 좀 안타까웠지만 어쨌든 국물은 시원했다. 민호는 컵라면을 내려놓고 문채은에게 시선을 돌렸다.

"맞다, 채은 선생님. 인턴은 2시간씩 교대하고 응급 콜이 와야 전부 뛰는 게 맞죠?"

문채은이 고개를 끄덕이자 민호는 안도했다.

"내내 서 있을 줄 알았더니 그나마 다행이네요."

"실질적으로 움직이는 건 1년 차 레지던트 선배님들이에요. 저희는 가벼운 외상 환자만 보고 있죠."

문채은도 컵라면을 다 먹고 내려놓았다. 그리고 삼각김밥 하나를 뜯어 맛있게 먹고 있는 민호를 물끄러미 바라보았다.

"민호 씨."

"네?"

"앞으로 매주 이 병원에서 촬영하게 되는 건가요?"

"그건 몰라요. 파일럿 한번 나오고 접는 프로가 대부분이라서. 아무리 의도가 좋아도 인기가 있어야 방영되거든요.

저 삼각김밥 하나 더 먹을 건데 채은 선생님도 드실래요?"

문채은은 고개를 흔들었다. 민호가 편의점 안쪽으로 걸어간 사이 그녀는 나직이 중얼거렸다.

"방송 꼭 볼게요."

말해놓고 무슨 소리냐는 듯, 문채은은 그녀의 입을 톡 때렸다. 아까 인터넷에서 몰래 찾아본 강민호의 프로필은 24살. 그녀보다 2살이나 어렸다.

"주책이야. 연예인한테 무슨."

이렇게 다시 중얼거리는 그녀의 시선은 진열대에서 삼각김밥을 고르는 데 열중인 민호를 떠나지 않았다.

오후 8시부터 이어진 응급센터 인턴 근무는 민호에게 낮과는 또 다른 의미에서 정신없이 다가왔다.

생명이 경각이 달해 응급실에 실려 오는 비율보다 갑작스레 몸에 이상이 생겨 놀라서 찾아오는 사람이 압도적으로 많다는 것.

코피가 나서 지혈을 시도했지만 잘 멈추지 않았다거나, 평상시와 달리 생리통이 견디기 어려울 정도로 심하다거나, 몇 시간이 지나도록 딸꾹질이 멈추지 않아 찾아오는 환자. 그들을 마주하고 보니 저 증상을 정성스럽게 치료해 줘야 하나, 위급한 환자들을 위해 다른 병원으로 유도해야 하나 하는 고민이 들게 만들었다.

다섯 명의 환자 연속으로 이런 식의 케이스였다. 민호는 몸에 고이 간직하고 있는 최임혁의 책이 무슨 쓸모가 있나 허탈함이 일었다.

그 와중에 진료는 쉬지 않고 이어졌다.

여섯 번째 환자는 얼굴에 피가 마른 흔적이 남아 있는 이십 대 후반의 경증환자였다. 민호는 딱 보고 집에서 연고만 발라도 될 상처임을 알았으나 문채은은 하나하나 체크를 시작했다.

문채은은 먼저 환자에게 손가락 두 개를 들어 보였다.

"이게 몇 개죠?"

"2개요."

핏자국이 나 있는 환자 얼굴 부위의 피부를 눌러보며 계속해서 물었다.

"이름은요?"

"최진우."

"여기가 어디죠?"

"병원 응급실이요."

"큰 부상은 아니니 걱정 마세요, 이진우 씨."

"최진우인데요?"

"그러니까요."

환자의 의식이 분명한 것을 확인한 문채은이 간호사에게 고개를 돌렸다.

"타박상 치료세트……."

라고 말하다 멈칫했다.

할 일이 너무 없어 몸이 반사적으로 움직인 민호가 이미 모든 걸 준비해 놓은 상황이었다. 보조하고 있던 간호사가 그녀의 일을 대신 해준 민호를 보며 웃었다. 민호는 별말씀을 이라는 웃음으로 화답했다.

문채은도 민호에게 고맙다는 눈인사를 보내고 다시 환자 치료에 들어갔다. 솜으로 피를 닦아내고 소독하는 일련의 과정이 능숙하게 이어졌다.

잔뜩 얼어 있던 환자의 표정도 점점 안정을 찾아갔다. 이내, 아픔이 많이 가신 환자가 문채은을 보며 말했다.

"이렇게 예쁘신 선생님은 처음 봐요."

"고마워요."

"애인 있으세요?"

"지금은 상처에 대한 것만 얘기해 주세요."

"저기, 이런 상황이 웃기긴 하지만, 번호를 좀……."

문채은은 펜 라이트를 들고 환자 눈동자에 빛을 비추며 동공의 반응을 확인했다.

"가만히 계세요, 최진우 환자님. 하루에 두 번이나 얼굴에 타박상 입긴 싫으시죠?"

"으흐. 네에~ 선생님."

환자의 뺨과 턱 부근에 반창고를 붙여 치료를 마무리한 문채은이 말했다.

"아물 때까지 고기 종류는 삼가세요. 염증이 생길 수 있어요."

일곱 번째 환자는 마흔 후반의 중년 남성으로 얼굴에 식은땀을 흘리고 있었다.

"선생님. 식욕도 없고, 전신이 쑤셔요. 기운도 없고. 큰 병 아닌가요?"

환자의 이마와 입을 벌려 목 부위의 붓기 정도를 확인한 문채은이 말했다.

"발열에 쇠약감, 식욕부진이군요. 두통은 없으세요?"

"머리도 아파요."

문채은이 민호 쪽으로 고개를 돌리며 물었다.

"무슨 병인지 아시겠어요?"

척 봐도 전 국민이 환절기에 자주 앓는 병이었다. 민호는 싱긋 웃으며 대답했다.

"리노 바이러스."

이 대답에 환자의 안색이 변했다. '그렇게 큰 병이었다니' 라고 놀라는 환자를 보며, 문채은은 민호에게 '이럴 거예요?'

하고 톡 쏘는 표정을 지었다.

문채은은 환자에게 부드럽게 웃으며 말했다.

“놀라지 마세요, 아버님. 감기예요, 감기. 감기의 주 원인 중 하나가 리노 바이러스거든요.”

잠시 콜이 없어 1번 응급치료실 복도에 앉은 민호는 막 옆에 앉은 문채은을 보며 물었다.

“여기는 매번 이런가요? 그냥 병원에 가셔도 될 분들만 오시네요.”

“평일이라 좀 덜한 편이에요. 주말에는 낮부터 꽉 차거든요.”

항상 덤덤해 보이던 문채은도 출근 12시간째에 접어들자 피곤이 얼굴에 그대로 드러났다.

“그래도 저분들을 뭐라 할 수는 없어요. 통증이나 두려움은 사람을 당황하게 만들어요. 그러면 쉽게 떠올릴 수 있는 곳이 응급실이잖아요.”

그녀를 카메라로 찍고 있던, 오늘 민호보다 그녀만 더 많이 찍어댄 VJ가 이 말에 고개를 크게 끄덕이며 동감했다.

민호는 새삼 문채은을 바라봤다. 치료할 때도 느꼈는데, 표정은 차가워도 속마음은 뜻밖에 상냥하다는 생각이 들었다.

2시간 쉬고 2시간 환자를 진료하는 작업의 연속. 그러나 쉬는 시간이라고 쉴 수 있는 것이 아니었다.

신경계통 수술을 받은 환자들은 순간적으로 위급한 상황에 빠질 수도 있기에 계속 체크해야 하고, 성공리에 수술을 마친 환자라도 환부에 염증이 생기지 않는지를 세심히 살피고 시간 단위로 소독을 해줘야 했다.

그 와중에 오전에 있을 하 교수와의 회의를 준비하는 문채은은 필름을 판독하고, 차트를 분석해 환자의 특성을 파악하는 작업까지 해야 했다.

민호는 이 부분에서는 하 교수의 방이 아니었기에 큰 도움을 줄 수가 없었다. 병 안에 병을 숨기고 있는 희귀병 환자의 치료는, 드러난 외상을 빠르게 케어하는 것에 익숙한 최임혁의 경험이 그다지 유용하지가 않았다. 서로 극에 달해 있지만, 그것이 N극과 S극처럼 완벽히 정반대를 지향하고 있다고 할까?

아침 7시 무렵, 민호는 응급치료실 복도에 앉아 크게 하품을 하며 피곤을 밀어냈다. 최임혁의 책을 품고 있다 보니 근무시간만큼은 정신을 바짝 차려야 한다는 생각에 잠이 잘 오지 않았다.

지나가는 병원의 스태프들도 죄다 지친 기색이 역력해 보였다. 옆에 앉은 문채은은 못 버티겠는지 눈을 감고 고개를 옆으로 떨어뜨리다 깜짝 놀라 일어섰다.

"저, 세수 좀 하고 올게요."

"진료 없을 때 좀 쉬어둬요."

"곧 교대인데요, 뭐."

민호는 문채은의 노력에 속으로 박수를 보내지 않을 수 없었다.

그녀가 화장실에 간 사이, 민호는 반대편 복도에서 기절 중인 구하연에게 시선이 머물렀다. 3번 치료실 앞에 앉은 정상욱도 기절. 교대 중인 두 출연진도 대기실 어딘가에서 쓰러져 있을 것이 분명했다. VJ까지 그 기절에 동참했다.

'이 시간대는 촬영 분량이 전혀 없겠어.'

급한 환자가 들어와 줬으면 하는 건 너무 나간 욕심이었다. 응급실이 평안하다는 건 그만큼 위급환자가 없다는 소리니까.

민호는 기지개를 켜며 뻐근한 어깨를 주물렀다. 손목시계에 남은 시간이 이제 '01:58:02'를 가리키고 있다는 것이 그나마 지친 몸을 가볍게 해주는 기분이었다.

잠깐 진영환의 물리 치료실에 들려 근육을 사르르 녹이는 그 손기술이나 시도해 볼까 고민하다 뚜벅뚜벅 가까워지는 구두굽 소리에 고개를 돌렸다.

나치수의 우람한 몸이 눈에 들어와 남은 졸음이 확 달아나 버렸다.

"응? 인턴은 어디 갔지?"

1번 응급치료실을 훑고 고개를 돌린 나치수. 민호는 벌떡 일어나 화장실 쪽을 가리켰다.

"오면 2번 안정실에 있는 골절환자 상태 체크 좀 하라고 해. 아무리 일반인이라도 이 말 전해주는 정도는 가능하지?"

"그럼요, 걱정하지 마세요."

민호는 전부 졸고 있었기에 살얼음판을 걷는 심정이 되었으나 나치수는 의외로 아무 말 하지 않고 응급의학과 의국으로 사라졌다.

'다들 피곤할 거라는 건 인정한다 이건가?'

그렇게 3분 정도 지났을까.

밖에서 사이렌 소리가 울리며 119구급차 한 대가 들어왔다. 구급요원들이 밀고 들어온 카트 위의 환자는 가슴 부근에 피가 흥건한 상태였다.

'폐와 흉곽에 대량 출혈.'

민호는 보자마자 촌각을 다투는 위급상황임을 깨닫고 그도 모르게 달려 나왔다. 외상 진료실 앞에서 대기 중이던 레지던트도 뛰어나왔으나 환자의 심각한 용태를 보고 안색이 변했다.

"나치수 조교수님, 흉부외과도 콜해!"

간호사가 콜을 넣는 와중에도 환자의 입에서 피가 울컥울컥 쏟아졌다. 구급요원이 레지던트에게 환자의 상황을 빠르게 말했다.

"40대 남성 환자로, 공사장 3층에서 콘크리트 더미가 무너지면서 바닥에 떨어져 깔렸습니다. 흉부 손상이 의심되며, 수액은 2L 들어간 상태입니다."

"저 친구 무지 고생한 사람입니다. 죽으면 안 돼요!"

함께 온 동료가 울먹였다.

"이봐요, 정신이 들어요?"

환자를 살피던 레지던트가 황급히 소리쳤다.

"바이탈이 낮아! 어서 밀어!"

경황이 없던 중에 민호를 인턴으로 여긴 레지던트가 1번 응급외과실 쪽을 손짓했다. 민호와 간호사들이 외과실 안으로 환자를 이동시켰음에도 레지던트는 갈팡질팡 초동 조치를 고민했다.

'뭐 하는 거야!'

민호는 갈등하다 주머니 속에서 회중시계를 꺼냈다. 뚜껑이 열리고 민호의 머릿속에 미래의 상황이 펼쳐졌다.

[맥박이 없어!]

[수혈, 피를 더 가져와!]

최임혁의 시야를 가진 채로 바라본 2분. 민호가 마지막으로 본 것은 제대로 조치하지 못해 환자를 CPR 하는 광경이었다.

'이런.'

민호는 에라 모르겠다, 레지던트에게 말했다.

"의식저하, 갈비뼈 골절이 의심됩니다. 호흡에 문제가 있어 보이니 기도삽관 하겠습니다."

목소리를 높였기에 레지던트가 정신을 차리고 튜브를 손에 쥐었다.

"이리 줘. 인턴에게 맡길 수는 없지."

민호는 간호사에게 수액제와 O형 피를 대량 준비해 달라고 부탁한 뒤, 환자의 왼쪽 가슴을 바라보았다. 안에 피가 고여 있을 것이 분명하기에 바로 빼내야 했다. 미리 본 미래로 환자의 위기가 어떤 건지 고스란히 확인했기에 민호는 가만히 있을 수가 없었다.

'살리고 봐야지.'

직접 심전도 모니터링을 달고 수혈할 준비를 능숙히 끝마

쳤다. 그렇게 바쁘게 움직이고 있던 와중에 놀라서 뛰어온 인턴 문채은과 마주쳤다.

"민호 씨?"

그녀의 팔을 휙 채어 환자 앞에 세웠다.

"장갑 끼고, 흉부 절개한 뒤 튜브를 삽입해요."

"네?"

삽관을 끝낸 레지던트가 이 말에 놀라 고개를 돌렸다. 그리고 아무 지시도 하지 않았는데 상당한 세팅이 되어 있는 외과실을 보며 눈이 휘둥그레졌다.

"너 인턴, 어디 소속이야?"

"최임혁 교수님 직속입니다."

다급한 김에 나온 변명이나 상대가 응급의학과가 아닌 터라 먹혀든 듯 보였다.

민호는 고개를 돌려 문채은에게 말했다.

"맥박 더 떨어지면 쇼크 와요. 흉곽 내부 피부터 빼서 호흡 안정시킨 후, 출혈을 잡아야 해요."

"그걸 어떻게 제가……."

1분 1초가 아쉬운 상황.

"간단해요. 째고, 넣는다."

민호는 일말의 고민도 없이 메스를 문채은의 손에 쥐여 주었다. 그리고 왼쪽 흉곽 부근을 가리켰다.

문채은은 과감히 1센티 절개하고 튜브를 흉부에 꽂았다. 그러자 고여 있던 피가 쏟아져 나왔다.

"뭐야!"

레지던트의 말은 비명에 가까웠다. 500cc 혈액제를 옆에 걸어둔 민호는 차분히 말했다.

"수술방부터 잡으세요. CT 촬영 끝나면 바로 수술 들어가야 하니까. 채은 선생님은 쇼크 상태에 주의해 혈액 투입량 조절하세요."

여기까지 조치를 끝냈을 때가 2분이 경과한 상황. 나치수가 도착한 것도 이때였다.

"명철. 어떻게 된 거야?"

레지던트가 즉시 경과를 보고했다.

나치수는 바로 이해하고 갈비뼈 골절로 말미암은 내부 출혈에 대한 효과적인 대응을 시작했다.

'후우.'

민호는 슬쩍 뒤로 물러섰다. 할 수 있는 만큼 했다. 흉부 손상을 입었을 환자를 치료하는 건 이제 수술을 집도하는 의사들에 달렸다.

"명철이 너, 만날 구르더니 정신 차렸구나. 깔끔하게 조치했어."

나치수의 말에 보조하던 레지던트가 고개를 저었다.

"저 말고 응급과 인턴이 했어요. 최임혁 교수 직속이라 그런지 판단이 빠르더라고요."

"인턴?"

나치수가 고개를 돌렸으나 문채은뿐 민호는 없었다.

1번 응급외과실에서 걸어 나온 민호의 주변으로 '메디컬 24시' 출연진들이 달려왔다. 민호의 몸에도 피가 묻어 있었기에 놀란 표정이 된 정상욱이 물었다.

"어떻게 된 거예요?"

"갑자기 환자가 와서 저도 모르게 따라 들어갔다 왔어요."

이 긴박한 상황을 제대로 잡지 못한 VJ들에게 김 PD의 질타가 날아들었다.

"선생님!"

환자와 함께 왔던 동료가 민호를 의사로 착각해 다가왔다.

"아, 저는……."

민호는 시선을 흘끔 돌려 외과실 안의 치료 과정을 지켜보았다. 희망적인 말을 해주고 싶어도 수술에 들어가 봐야 알 일이었다. 그러나 자신은 의사가 아니다. 그러니 이 말 정도는 해줄 수 있다.

"피를 그리 흘렸는데 환자분의 숨은 계속 이어졌어요. 환자분도 열심히 싸우고 계신 거라고 안에 있는 의사분이 말씀하시더군요."

눈물이 그렁그렁해진 환자의 동료가 외과실을 보며 말했다.

"힘내, 인마. 제수씨 오고 있으니까 끝까지 버텨."

지켜보고 있던 '메디컬 24시' 출연진들도 눈시울이 붉어지는 사람이 태반이었다.

30분 뒤.

수술실을 나온 나치수에게 환자의 동료와 VJ들의 카메라가 집중됐다.

"바이탈은 안정됐고, 부러진 뼈를 고정하는 수술만 하면 회복될 수 있을 겁니다."

"감사합니다, 선생님!"

연락을 받고 달려온 환자의 부인이 나치수의 손을 잡고 무척 고마워했다.

담담히 말을 마치고 걸어가던 나치수는 민호를 한번 쳐다보더니 고개를 갸웃하고 사라졌다.

아침 8시가 되자 야간 당직과 주간 근무자들의 교대를 준비하는 타임이 찾아왔다.

문채은이 복도에 앉아 있던 민호에게 커피 캔 하나를 내밀었다.

"아까 주려다 못 준 건데."

"고마워요."

"흉부 손상 환자, 민호 씨 아니었으면 큰일 났을 거예요."

민호는 고개를 저었다.

"실제 치료는 채은 선생님께서 하셨잖아요."

"그래도요."

"잘 치료됐으니 다행인 걸로 넘어가죠."

캔을 따 한 모금 넘긴 민호가 싱긋 웃었다. 뭔가 더 할 말이 있어 보이는 문채은은 이 말에 입을 다물고 미소만 머금었다.

"다음에도 뵐 수 있으면 좋겠네요."

그녀는 짧게 고개를 숙이고 진단검사의학과 의국으로 사라졌다.

민호는 그녀에게 손을 흔들어 보이다 출입구를 확인하고 대기석에서 일어났다. 최임혁이 출근해 들어온 것이 보였기 때문이다.

"최 교수님."

최임혁은 민호가 다가오자 바로 물어왔다.

"응급실 근무는 어땠나?"

"좀 더 전문성을 가진 의사들 숫자가 많으면, 훨씬 많은 사람을 살릴 수 있을 것으로 보였어요."

"하룻밤 사이에 얻은 성과치고는 대단히 교훈적이군. 좋아 좋아. 잠깐만 따라와 보겠나?"

최임혁은 그의 사무실로 가지 않고 민호를 3층 수술실로 안내했다.

"여기가 AN 병원의 최고 수술진들이 드나드는 곳이네. 여기서 못 하는 수술은, 국내 어느 병원에서도 못하지. 혹시 이곳도……."

민호는 최임혁의 말이 끝나기도 전에 감탄사를 내질렀다.

"이런 건 처음 봐요."

"처음?"

민호는 '제1수술실'이라고 적혀 있는 방 전체에 선명하게 어려 있는 주홍빛을 보며 물었다.

"여길 자주 사용하시던 의사 선생님 중 한 분, 혹시 돌아가셨나요?"

최임혁이 멈칫했다.

"그런 것도 볼 수 있나?"

"대충요."

복잡한 설명이 들어가야 하지만, 민호는 고개만 끄덕였다. 공간 자체가 유품처럼 되어버린 장소라니. 그저 바라만 봐도 흥분되는 공간이었다.

"이거 잘 사용했어요, 교수님."

민호가 가슴에 품고 있었던 책을 내밀었다. 최임혁은 책을 받으며 진지한 눈빛으로 말했다.

"나는 거의 매일 응급센터에 있으니 언제든 와서 빌려 가게나."

"정말요?"

"대신, 이 프로그램. 꼭 계속해 주게."

"그거야 어렵지 않죠."

9시 정각. AN 병원의 입구에 모인 '메디컬 24시' 출연진들은 죄다 초췌한 얼굴이었다.

김 PD가 정상욱에게 소감을 물었다.

"처음에는 좋았는데 다시 하라면 못 할 거 같아요. 인턴 선생님들 그리 고생하는 줄 누가 알았나. 12시간만 합시다. '메디컬 12시'로."

고진수의 소감이 이어졌다.

"처음에는 이게 뭐야 했는데 계속 있다 보니 의대 실습 나왔을 때 기억도 나고. 열정도 생각나고. 모델업계가 어렵다, 어렵다 하지만, 왠지 힘을 얻고 가는 기분입니다.

"인턴 연기만큼은 리얼하게 할 수 있겠어요. 근데 이거 계속되면 그래도 급이 높은 의사님들도 따라다니겠죠?”

임정원의 소감도 끝나고 구하연의 차례가 왔다.

“의사 선생님들이 이렇게 어렵게 일하시는 줄 몰랐어요. 조금이라도 도와드리고 싶었는데 방해만 되지 않았을까 걱정되네요.”

어리지만 방송의 베테랑답게 또박또박 말을 잘 끝낸 구하연을 이어 민호에게 카메라가 집중됐다.

“힘들지만 보람 있었어요. 잘돼서 다음 편도 꼭 찍었으면 좋겠네요.”

이 말에 출연진들은 안색이 어두워졌고, 제작진들은 안색이 밝아졌다.

하 교수가 응급의학과장실의 문을 벌컥 열고 들어왔다. 의자에 앉아 컴퓨터로 작업 중이던 최임혁이 고개를 돌려 손을 흔들었다.

소파에 털썩 앉은 하 교수가 말했다.

“흥미 있는 케이스 좀 들어왔나?”

“케이스는 별거 없고 흥미 있는 사람 하나는 왔었지. 자네도 알 거야.”

"그 말이, 감염학의 '감' 자도 모르는데 내 진단을 도와줬던 젊은이를 말하는 거라면 좀 무서운걸."

"맞아, 그 젊은이."

하 교수가 최임혁을 보며 눈을 가늘게 떴다가 코웃음을 쳤다.

"일부러 보낸 거였군. 방송 카메라 덕분에 어제는 아주 건전하게 지냈어."

최임혁은 나직이 웃었다. 하 교수는 그런 최임혁에게 물었다.

"뭐야, 새 어시스트라도 들일 셈이야?"

"누가 누구의 어시스트가 될지는 모르는 일이지."

최임혁은 모니터에 작성 중인 영문 편지의 끝에 한마디를 덧붙였다.

『'닥터 리'의 스카웃 건은 비밀로 해주셨으면 합니다. 의국 내의 정치싸움에 연연하지 않는 실력파 의사가 온전히 수술할 수 있는 환경만 조성해 주시면 나머지는 제가 알아서 하겠습니다.』

"하 교수."

"왜?"

"자넨 한국 의학계의 최후 보루야. 자네가 진단 내리지 못하는 병이 있다면? 더 의료 선진국인 나라로 갈 수밖에 없지. 그러니 어제처럼만 지내 주게. 사고 치지 말고."

"누가 그러는데?"

최임혁은 모니터 속 메일 발송 대상의 이름을 흘깃 바라봤다.

"이사장님."

Space : 진단검사의학 교수의 사무실.

Effect : 감염학, 신장학을 전공한 전설적인 진단의의 지식을 '흥미있는 환자'에게만 이용할 수 있다.

Object : 신장이식 전문의의 청진기.

Effect : 신장과 관련된 의학 지식이 충만해진다.

Cross Object : 진단실과 청진기의 교차 진료 세트.

Effect : 신장에 한하여 진단의 스페셜리스트가 된다.

Space : 도수치료 전문가의 치료실.

Effect : 문제가 있는 근육, 관절, 척추를 녹아드는 손놀림으로 교정한다.

Object : 응급의학과장의 타고 남은 해부학 교재.

Effect : 중증외상학, 재난의학의 스페셜리스트가 된다.

Relic Space : AN 병원 제1외과수술실.

Effect : 미상.

27.
용의자 S의 헌신

NTV 추석 특집 예능, '마술탐험대' 촬영 현장의 분위기는 시작부터 뜨겁게 달아올랐다.

미남 마술사로 유명한 송호진의 손에 쥐어진 손수건은 막대기가 되었다가, 꽃이 되었다가, 허공에 던져져 비둘기가 되어 날아갔다. 구경하던 출연진의 박수갈채가 이어지는 가운데 오프닝 무대가 끝났다.

아나운서 정서연이 큐카드를 손에 쥐고 무대에 올랐다.

"눈으로 봐도 믿을 수 없는 무대! 마술사 월드챔피언십 그랑프리를 차지한 송호진 씨의 오프닝이었습니다. 그럼, 올해도 어김없이 찾아온 탐험대원들을 만나 보실까요!"

정서연의 멘트에 무대 한쪽에 줄지어 앉은 출연진들 쪽으로 카메라가 비쳤다.

그 틈에 자리해 있던 민호는 카메라를 향해 손을 흔들며 이제는 제법 익숙해진 방송용 미소를 지어 보였다. 옆의 장동묵은 송호진을 향해 두 눈으로 똑똑히 지켜보겠다는 제스처를 해 보였다. 송호진은 어깨만 으쓱하고 여유 있는 표정으로 응수했다.

"동묵이 형. 저 마술사님 아세요?"

민호의 물음에 장동묵이 고개를 끄덕였다.

"잘 알지. 작년 특집 때 된통 당했잖아."

"당해요?"

"컵에 물 담아서 뿌리는데 공이 튀어나오고. 물 없는 줄 알고 머리에 뿌렸다가 물벼락 맞고. 아무튼, 얍삽해. 뭔가 있는데 그걸 못 찾겠어."

'더 스마트' 4회전까지 함께하며 무척 친해진 장동묵이기에 작년의 모습이 눈에 선했다. 분명히 툴툴거리다 마술 트릭에 걸려 성질을 왕창 부렸을 것이다.

"올해는 기필코 밝힌다!"

민호는 장동묵의 다짐을 들으며 훤칠한 외모의 젊은 마술사에게 시선을 던졌다. 코앞으로 다가온 추석에 방영될 이 프로그램은, 마술쇼를 감상하며 같이 웃고 떠드는 명절 한정 예능이었다.

'혹시 트릭을 발견해도 입 싹 닫고 있어라. 이거였지?'

온 가족이 둘러앉아 볼 프로에서 '저 마술 사기다 아니다'로 싸우면 이미지에 손해라는 공 매니저의 당부를 떠올리며, 민호는 송호진의 도구와 몸을 꼼꼼히 살폈다. 세계 마술사들이 모이는 올림픽 같은 곳에서 우승했을 만큼의 능력자라면 뭔가 애장품이 있지 않을까 싶어서였다. 그러나 오프닝부터 지금까지 송호진에게서 빛이 어려 있는 물건은 발견하지 못했다.

'마술사라면 도구 활용이 많아서 있을 법한데.'

무대의 세팅이 끝나자 정서연과 송호진이 테이블 가운데, 탐험대원 일곱이 그 옆에 늘어섰다.

정서연이 PD의 사인에 진행을 시작했다.

"호진 씨. 탐험대 여러분을 놀라게 할 첫 번째 마술은 어떤 건가요?"

"마술에서도 기본 중의 기본이라 할 수 있는 카드로 여러분의 심리를 조작해 보겠습니다."

송호진이 무대의 테이블 위에 트럼프 카드 세트 하나를 내려놓았다. 정서연이 큐카드를 한번 훑어보고 출연진들에게 말했다.

"심리조작 마술이라. 그냥 들어서는 감이 잘 안 오는데요. 탐험대원 중에 먼저 체험해 보실 분 있나요?"

그녀의 질문이 끝나자마자 장동묵이 “너부터 나가봐” 하며 민호의 옆구리를 쿡 찔렀다. 움찔한 민호가 몸서리치다 정서연과 눈이 마주쳤다.

“민호 씨, 하시겠어요?”

“아, 저는…….”

바로 앞에서 마술을 지켜보면 애장품을 발견할지 모르겠다 싶어 일단 고개를 끄덕였다. 그리고 송호진과 마주 앉아 눈인사를 나누었다.

“잘 부탁해요.”

민호의 인사에 송호진은 자신만만한 마술사의 미소로 화답했다.

“카드부터 확인해 보세요.”

송호진이 트럼프를 무지개처럼 차라락 펼쳤다. 민호가 보기에는 별 이상이 없는 카드였다.

“자, 지금부터 제 마술은 여기 강민호 씨의 손을 통해서 진행됩니다. 민호 씨, 카드를 쥐고 잘 섞어주시겠어요?”

민호는 트럼프를 손에 쥐었다. 평소 많이 접해보지 않은 까닭에 화투를 섞는 것처럼 투박하게 척척 섞었다. 장동묵이 그것을 보며 웃었다.

“민호야, 못하는 척 안 해도 돼.”

“트럼프는 별로 안 만져 봐서요.”

"'더 스마트'에선 게임 혼자 다 아는 척하면서 원카드도 안 해봤냐?"

장동묵의 놀림과 함께 다 섞고 나자 송호진이 테이블을 가리켰다.

"안 보이는 채로 세 장을 앞에 깔아 주시겠어요?"

트럼프 더미에서 한 장씩 뽑아 테이블에 늘어놓았다. 송호진은 그중에 첫 번째 것을 가리켰다.

"민호 씨. 이 카드가 뭘까요?"

이 말에 장동묵이 눈을 치켜떴다.

"송 술사. 당신이 맞춰야지 왜 민호가 맞춰."

"저의 신비한 기운으로 민호 씨에게 정답을 알려 드릴 거거든요."

역발상의 마술에 출연진들은 기대감에 부풀어 올랐다. 이건 실제로 참여 중인 민호 역시 마찬가지였다. 자신이 예측할 것을 어떻게 조절하겠다는 거지?

"자아~ 수리수리 마수리!"

손가락을 물결처럼 움직이며 마법을 거는 듯한 동작을 선보인 송호진이 민호에게 물었다.

"무슨 카드일 것 같나요?"

민호로서는 당연히 알 턱이 없었다. 그랬기에 대충 아무 카드나 찍어서 말했다.

"다이아 7?"

"다들 들으셨죠? 다이아 7이랍니다."

송호진이 카드를 뒤집었다. 나온 것은 '다이아 7'. 모든 출연진의 눈이 커졌다. 송호진이 두 번째 것을 가리켜 민호는 "하트 A"라고 대답했다. 카드를 뒤집어 '하트 A'가 나오자 다들 할 말을 잃었다.

'나 찍기의 신이었어?'

민호는 놀란 표정으로 '하트 A'를 바라봤다.

"야, 민호. 동작 그만."

장동묵이 민호에게 성큼 다가와 손목을 붙잡았다.

"밑장빼기냐? 둘이 짰지?"

"짜긴요."

이때 민호의 시선은 카드가 아니라 송호진의 손목 부근을 향해 있었다. 송호진이 카드를 뒤집을 때 옷소매 틈으로 순간적으로 반짝이는 빛의 잔상을 본 것이다. 애장품일 것을 직감한 민호는 흥분에 불탔다.

장동묵은 마지막 카드를 가리켰다.

"어이, 송 술사. 누굴 속이려 들어. 짜고 치는 고스톱이잖아. 우리가 빙다리 핫바지로 보여?"

영화의 대사를 따라 하며 눈을 부리부리하게 치켜뜬 장동묵에게 송호진은 의연하게 대꾸했다.

"증거 있으십니까?"

"증거? 증거 있지. 송 술사는 민호하고 사전에 합의를 봤을 것이야. 그리고 뭘 뽑을지 시킨 거지."

"시나리오 쓰지 마시죠. 제 신비한 기운 때문에 맞춘 겁니다."

장동묵이 껄껄 웃었다.

"민호. 바른대로 말해봐."

"진짜예요, 동묵이 형. 송호진 마술사님은 오늘 처음 뵙는 분이에요."

민호는 고개를 흔들었다. 그가 의심할 수 있는 트릭은 송호진이 카드를 뒤집을 때 바꿔치기했다는 정도였다. 손은 눈보다 빠르니까.

'손목에 뭔가 있어.'

3번째 카드를 확인할 때는 그것을 자세히 지켜보기 위해 민호는 슬며시 요원의 반지를 착용했다.

"다들 어떻게 생각하세요?"

장동묵의 질문에 베스트셀러 작가 류희운은 고개를 흔들었고, 어머니 전문 배우로 유명한 홍은숙은 감탄만, 쌍둥이 아이돌 진화영, 진효영은 민호가 패를 섞는 게 서툴러서 불가능할 것이라 대답했다.

"신국 교수님은요?"

"산술적으로 연속해서 카드 2장을 맞출 가능성은 희박합니다."

가장 끝에 앉아 있던 경찰대학의 교수, 신국이 입을 열었다.

"강민호 씨와 송호진 씨의 은밀한 합의가 없었다면……."

범죄심리분석관으로 유명한 신국이 송호진의 손을 가리켰다.

"저 마술사분의 손에서 우리가 눈치채지 못했을 손기술이 발휘됐다고 합리적으로 추론해 볼 수 있겠죠."

장동묵은 고개를 끄덕였다.

"좋아요. 저는 둘이 짰다. 교수님은 손기술이다. 그걸 한 번에 해결할 방법은……."

장동묵이 세 번째 카드를 가리켰다.

"저 카드를 내가 맞추게 만들어 보는 거지. 그리고 내가 뒤집어. 어때, 송 술사. 쫄리면 말해."

"장동묵 씨. 아니, 동묵이 형. 그렇게 피를 봐야겠어요?"

"뺑치다 걸리면 피 보는 거 안 배웠냐?"

"좋습니다. 형이 이 패를 맞춘다에 내 출연료 겁니다."

"오냐, 나는 못 맞춘다에 출연료 건다."

마술사 대부분은 손기술만큼이나 연기력도 좋다. 그랬기에 송호진은 장동묵의 말에 맞춰 상황극처럼 센스 있게 맞받

아쳤다.

민호는 그것이 재밌기도 하고, 트릭인지 아닌지 궁금하기도 하여 장동묵을 지켜보았다.

"갑니다~"

송호진이 손가락을 물결처럼 만들며 주문을 외우듯 장동묵의 머리를 가리켰다.

"아브라카다브라! 자, 카드를 맞춰 보세요, 장동묵 씨."

장동묵은 세 번째 카드를 손으로 찍으며 회심의 눈웃음을 지었다.

"조커."

민호는 고개를 갸웃했다.

"형, 나 섞을 때 조커는 안 보였던 거 같았어요."

"그러니까. 크크크. 패 건들지 마! 출연료 날아가 버리니까."

장동묵이 환하게 웃으며 패를 뒤집었다. 그리고 나온 것은 광대가 초승달 위에 걸터앉아 웃고 있는 그림의 조커 카드였다. 마치 장동묵을 비웃는 듯 광대의 표정이 신랄했다.

"이게 뭐야아악!"

졸지에 출연료를 날리게 된 장동묵이 머리를 쥐어뜯었다.

"대박."

"저게 뭔 일이래?"

나머지 출연자들은 어안이 벙벙해졌고, 송호진은 보란 듯

이 어깨를 으쓱하며 양팔을 벌렸다.

민호는 아무 말 없이 장동묵의 손목에 시선이 머물렀다. 요원의 반지로 민감해진 감각 때문에 찰칵하는 무언가가 순간적으로 나타났다 사라진 것은 확인했다.

'이거 설마…….'

송호진 때는 반신반의였는데, 장동묵은 그보다는 움직임이 느려 장치가 있다는 것이 보였다. 마술을 체험하도록 밀어 넣은 원인이 장동묵이었기에 민호는 확신이 들었다.

송호진과 장동묵이 이것을 위해 처음부터 작전을 짜고 있었다는 것. 마술쇼라는 건 마술을 하는 당사자만큼 옆에서 보조해 주는 이의 숙련된 연기력이 중요하다. 지금은 장동묵 때문에 이 '심리조작 마술'은 제대로 먹혀든 상황이었다.

이후에 이어진 다른 출연진들의 체험도 민호와 마찬가지로 모조리 송호진의 의도대로 흘러갔다.

민호는 고민 와중에 신국 교수의 눈도 장동묵의 손목을 향해 있는 것을 발견했다. 턱을 괴며 생각에 잠긴 신국 교수는 결국 아무 말도 하지 않았다.

'공 매니저님 말도 있고, 굳이 이것을 까발릴 필요는 없지.'

그보다 더 좋은 생각이 났다.

첫 번째 마술쇼가 성황리에 끝나고 잠시 휴식을 하는 시간.

민호는 테이블을 정리 중인 송호진에게 다가갔다.

“마술사님. 심리조작 마술 되게 인상적으로 봤어요.”

“감사해요.”

“하나 궁금한 게 있어서 그런데. 동묵이 형 손목에 있던 장치 마술사님 것 맞나요?”

송호진은 민호의 넘겨짚음에 당황하지 않고 대꾸했다.

“장치라니요?”

코끝에 걸치고 있던 안경을 쓱 올린 민호는『긴장』의 푸른 빛으로 질려가는 송호진의 얼굴을 자세히 살폈다.

‘우선은 잡아떼시겠다?’

민호의 손에는 임소희의 만년필을 핑그르르 도는 중이었다. ‘더 스마트’는 추석에 방영되지 않아 스케줄이 다음 주로 밀렸으나, 만년필 빌리는 스케줄은 그대로였다. 덕분에 감정 상태를 보는 것만으로도 얼마만큼의 이득을 챙길 수 있을지 눈에 선했다.

“동묵이 형처럼 마술 트릭에 익숙하지 않은 사람도 감쪽같이 카드를 교체할 수 있게 해주는 걸 보면, 상당히 정교한 장치인가 봐요?”

“무슨 말이에요?”

이번에는『불안과 초조』의 회색빛이었다.

“음. 호진 씨 것이 아니면 동묵이 형 건가? 큐 들어가면 한

번 물어봐야겠네.”

“그건…….”

걸려들었어. 민호는 만족의 눈웃음과 함께 말했다.

“그냥 궁금해서 물어본 거지 트릭을 방송에다 밝히겠다. 이런 건 아니에요. 사실 저도 카드 마술 하나 연습하고 있는 게 있거든요. 이거 한번 써먹어 보고 싶은데, 마술사님이 봐 주실 수 있나요?”

“그거야 문제없죠.”

『애매함』에서 『긍정』의 노란빛으로 변해가는 송호진의 표정에 민호는 이때다 싶어 물었다.

“그냥 하면 재미없으니 내기 어떠세요? 만약 이 카드 마술에서 마술사님이 제 트릭을 밝히면 영원히 입 다물게요. 대신 못 밝히면 그 팔에 있는 장치 방송 끝나고 며칠만 빌려 주세요.”

아까 그렇게나 어설프게 카드를 섞던 주제에 얼마나 대단한 트릭을 선보이겠다고. 『황당』의 표정이 된 송호진을 보며 민호는 내기가 성립됐음을 느꼈다.

“그 트럼프 빌려주실 수 있나요?”

“제 걸로요?”

얼굴에 『무시』의 색을 띤 송호진이 트럼프를 넘겨주었다.

민호는 안경을 벗어 남방 상의 단추에 걸어 둔 후 소매를 걷어 올렸다. 누구처럼 소매 속에 뭔가를 숨기지 않겠다는 표시였다.

"자, 합니다."

트럼프를 손에 들고 척척. 있어 보이게 섞던 와중에 미끄러져 테이블에 와르르 떨어졌다.

"아차차, 이건 연습을 더 해야겠네. 죄송해요."

다시 주섬주섬 트럼프를 섞어 테이블 위에 올렸다. 그 어설픔에 송호진은 속으로 잔뜩 비웃음을 흘렸다.

"이제부터 마술사님이 카드를 뽑으면 제가 그걸 맞출게요."

"아무 데서나 뽑아도 되죠?"

"그럼요."

송호진이 카드 중앙에서 한 장을 뽑아 그만 보이게 들었다. 민호는 주문을 외우는 것처럼 손가락으로 물결을 만들다 고개를 흔들었다.

"이걸로는 안 되겠네."

하며, 주머니에서 회중시계를 꺼내 뚜껑을 열었다. 째깍거리는 소리와 함께 2분 동안 카드를 뒤집고 맞추는 미래가 민호의 눈앞에 펼쳐졌다.

뭐하냐는 송호진의 눈길에 민호는 씩 웃었다.

"저는 여기서 신비한 힘을 받거든요."

"알았으니 빨리 맞춰 봐요."

너무 어이없는 수준에 이제는 귀찮다는 표정이 된 송호진에게 민호가 차분히 말했다.

"클로버 3."

"……?"

실제로 맞았기에 순간적으로 말문이 막힌 송호진이 다시 한 장을 뽑았다. 민호는 그가 뽑자마자 말했다.

"다이아 10."

뽑은 카드에 시선이 머문 송호진은 믿기지 않는다는 눈이 됐다. 그렇게 어설프게 섞고, 아무런 장치도 하지 않았는데 어떻게 맞췄단 말인가?

다음 카드는 송호진이 확인하기도 전에 민호가 "하트 Q"를 말했다.

"어때요, 제 카드 마술?"

"이게 무슨……."

이 카드는 송호진 그의 것이었다. 기본 트럼프로 손기술을 연마할 때 쓰는, 아무 장치도 없는 카드였다. 그랬기에 송호진의 놀람은 엄청났다.

듣도 보도 못한 카드 마술. 족보에도, 세계 마술 대회에서도 없던 트릭이었다.

"촬영 끝날 때까지 고민해 보시고, 아시겠으면 말씀하세요."

민호는 상식적으로 절대 생각해 내지 못하리란 확신이 있었다. '이 내기의 승리자는 접니다'라는 즐거운 눈빛이 된 민호가 사라졌다.

'마술탐험대' 스케줄을 끝마치고 방송국을 나오는 길. 공 매니저는 백미러에 보이는 희희낙락한 민호의 얼굴에 웃으며 물었다.

"이번 방송은 무척 잘 끝내셨나 봅니다."

왼팔에 착용 중인 카드 장착 도구를 사랑스럽게 쓰다듬은 민호는 대만족한 표정으로 고개를 저었다.

"방송은 평소랑 비슷했어요. 그런데 끝내주는 친구를 하나 사귀었죠."

"친구라고 하신다면 누구를……."

"송호진 마술사님이요."

"아아, 그분! 마술 업계에서는 무척 유명하신 분 아닙니까? 잘됐네요."

공 매니저는 자신의 친구가 된 것도 아닌데 휘파람을 불며 운전대를 돌렸다.

민호는 왼손을 아래로 착 내렸다. 찰칵하는 부드러운 당김이 느껴지며 카드 한 장을 뽑아냈다. 그 모습에 뒷좌석의 김 코디가 신기하다는 표정이 됐다.

소매 안에 착 붙어 밖으로는 전혀 티가 전혀 나지 않는 이 도구는 송호진의 애장품이었다. 민호는 착용하자마자 숙소 후배 녀석들의 눈을 휘둥그레지게 만들 손기술이 새록새록 떠올라 절로 마음이 들떴다.

'이 좋은 걸 소유할 수는 없다는 게 아쉽지만.'

내기해서 뺏는 것이 아니라 빌려야 했던 이유는 하나였다. 유품과 달리 애장품은 큰 단점이 있기 때문. 애장품이 애장품으로 존재하기 위해서는 물건에 주인의 관심이 떠나면 안 된다.

민호는 이것을 최근에 서은하에게서 다시 빌려본 농구 관련 애장품, 손목 보호구를 통해서 알아냈다. 본래의 주인이 손목 보호구를 경매로 판 이후 애정이 떨어지자 전문슈터의 감각도 점차 무뎌졌다. 관심이 시들해지는 순간부터 애장품은 더는 애장품이 아니게 되어 버린 것이다.

'돌려주고 나중에 또 빌리면 되지.'

휴식 시간이 될 때마다 송호진과 마술 트릭에 대해 떠들다 보니 금방 친해졌다. 실제로 장동묵과 짜고 첫 마술을 준비했던 것이라는 진실도 듣게 됐다.

운전 중이던 공 매니저가 물었다.

"스케줄 끝났는데 집으로 가시겠습니까?"

"아니요. 홍대로 가야 해요."

"Once 가시는 겁니까?"

"네. 이제 이설이 곡도 두 개밖에 안 남아서요. 오늘 밤에 마무리 짓기로 했어요."

"참, 말 나온 김에. 사장님께서 윤이설 씨 데뷔곡 뮤직비디오는 언제 찍으실 거냐고 물어보셨습니다."

"뮤직비디오요?"

민호는 '그걸 왜 제가?' 하는 표정을 지었다.

"레이블 대표님이 지시하셔야 일이 돌아가는 법입니다. 회사에서 전폭적으로 지지해 줄 테니, 영상부서의 담당 실장님과 의논하시면 됩니다."

겨우 오늘 밤 프로듀서 일을 끝내나 싶었는데, 꽤 큰 짐 하나가 덜컥 등에 더 올려진 기분이었다. 공 매니저는 그런 민호의 심정을 아는지 모르는지 싱글벙글한 표정으로 말을 이었다.

"민호 씨, 윤이설 씨 인디무대 직캠 엄청 올라오고 있는 거 아십니까?"

"직캠이요?"

"네. 그것도 질 좋은 화질의 직캠으로 말입니다. 이건 청신호죠. 데뷔전에 살짝살짝 노출한 게 마케팅적인 측면에서는 아주 잘 먹힌 것 같습니다."

개인이 찍어 올린 인기 걸그룹들의 동영상은 민호도 자주 봤기에 알고 있었다.

'직캠이라니. 우리 이설이 인기가 확 늘었다 이거지?'

말만 들어도 민호에겐 흐뭇한 이야기였다.

휴대폰으로 윤이설의 직캠을 검색하는 도중에 벨이 울렸다. 받아보니 막 방송국에서 헤어졌던 송호진이었다.

—민호 씨.

"네, 송 마술사님."

—카드 순서를 외운 거지? 민호 씨는 순간기억 능력자인 거야.

"저, 학창시절에 뒤에서 5등을 주로 했어요."

—음…….

"이제 그만 포기하세요."

—에잇. 다른 거 생각나면 전화할게. 아, 동묵이 형이 출연진들 다 모여 회식하자는데, 민호 씨는 안 와?

"일이 있어서요. Once라는 카페에 계속 있을 건데 저녁 드시고 시간 나면 놀러 오세요. 요즘 한창 주가가 치솟는 윤이설 양 특별 공연이 있거든요."

—윤이설? 그게 누구지?

—얌마, 윤이설도 몰라? 우리 라디오에 만날 신청곡 올라오는 대박 신인가수 있어.

—아무튼 상황 봐서. 끊을게 민호 씨.

민호는 갑자기 끼어든 장동묵의 목소리에 피식 웃었다. 공 매니저가 신호에 정차하고 고개를 돌렸다.

“가는 길에 음악이나 틀까요?”

“이설이 걸로 틀어 주세요.”

창밖을 보니 해가 뉘엿뉘엿 저물어가고 있었다.

왠지 기분 좋은 노을.

Once에 도착하면 귀여운 이설이가 기다리고 있다는 사실에 더욱 행복감이 드는 저녁이었다. 보자마자 마술을 딱! 보여주면 손뼉을 치며 좋아해 주겠지.

늦더위가 한풀 꺾여 제법 선선해진 초가을의 오후, 윤이설은 현관 앞에 서서 일생일대의 고민에 봉착한 것마냥 신중한 표정을 짓고 있었다.

‘힐은 신었다가 또 넘어지면 민호 오빠 볼 낯이 없고, 이 구두는 너무 낡았어. 아이참, 신발이 왜 이것밖에 없담.’

거실을 지나던 어머니 이지은은 아까 나간다고 인사를 했던 딸이 아직 현관에 버티고 있는 것을 보고 한숨을 쉬었다.

“아직도 안 가고 뭐하니?”

"엄마. 나 뭐 신고 갈까?"

나름 꾸민다고 꾸몄지만, 어린 티만 한가득한 딸을 보며 이지은은 고개를 저었다.

"뭘 신어도 애 같고 귀여우니까 아무거나 신어. 안 늦었어?"

"애라니!"

발끈하면서도 결국 병아리색의 운동화를 낙점한 윤이설이 손을 흔들며 현관문을 열었다. 급히 나가는 윤이설을 이지은이 불러 세웠다.

"딸아."

"응?"

"저건 안 가져가?"

이지은은 신발장 위에 놓인 샌드위치 바구니를 가리켰다.

"맞다!"

윤이설의 눈이 커졌다. 한참 만들어 놓고 그냥 갈 뻔했다. 이지은은 혀를 끌끌 찼다.

"또 잊은 건 없어?"

"아참."

폴짝 다가온 윤이설이 이지은에게 와락 안겼다.

"왜 이래 덥게."

"샌드위치 만드는 거 도와줘서 고마워, 엄마."

"강민호 군 배탈 날까 봐 그런 거야."

"헤헷."

윤이설이 문을 나서며 손을 흔들었다.

"다녀올게요!"

언제나처럼 덜렁거리다 문을 나서는 딸을 보며, 이지은은 절레절레 고개를 흔들었다.

윤이설은 콧노래를 부르며 아파트 복도를 지났다. 중간에 마주친 옆집 꼬마에게 밝게 웃으며 손을 흔들어 준 뒤, 엘리베이터 앞에 섰다.

승강기가 올라오길 기다리며 휴대폰을 들었다. '이설아, 한 7시쯤 도착할 것 같아'라는 민호의 마지막 문자에 그녀의 입가에 미소가 번졌다. 오늘은 공연이 끝나고 곡 작업까지 하는 날이었다.

'게다가 두 곡!'

원래는 하나였으나, 지난 3일간 밤낮을 가리지 않고 만든 덕택에 한 곡을 더 추가했다. 어쩌면 밤새 같이 있을지 모른다는 기대감에 윤이설의 얼굴에는 웃음기가 떠나질 않았다.

딩동.

엘리베이터의 문이 열리고, 교복 차림의 남학생이 걸어 나오다 휴대폰에 시선이 꽂혀 있는 윤이설과 마주쳤다.

"안 들어가?"

"으응."

"이거 또 와 있더라."

무의식적으로 들어가던 윤이설은 익숙한 목소리를 느끼고 고개를 휙 들었다. 동생 윤익현이 손에 쥐고 있던 편지뭉치를 무심한 눈길로 내밀었다.

"누나 팬 참 특이해. 뭐가 예쁘다고 꼬박꼬박 이런 걸 보내."

팬이 손수 작성해 보내온 편지들. 윤이설은 받아서 기타 케이스 안쪽 공간에 넣으며 손으로 V 자를 그려 보였다.

"이 누나의 매력을 너만 모르는 거야."

"곡 쓴다고 3일 동안 틀어박혀 있다가 배고파서 기어 나왔을 때 모습을 강 대표님도 봤어야 하는데."

"후후, 증거 없잖아."

혀를 쭉 내미는 누나를 보며 윤익현이 고개를 흔들었다.

"있어. 엄마가 기가 차다고 찍어 뒀거든."

윤익현은 휴대폰에서 '우리 딸이 노숙자가 됐어요'라는 제목의 짧은 동영상 하나를 찾아 보여주었다.

"……."

영상 속엔 허겁지겁 밥을 먹으면서도 뭐가 그리 좋은지 어깨춤을 추고 노래를 불러대는 자신의 모습이 고스란히 담겨 있었다.

"다들 매력 좀 느끼라고 누나 팬카페에 링크시켜 줄까?"

"안 지울래!"

"내가 올린 거 아니야. 원본은 엄마한테 있어. 그리고 엄마한테는 이거는 쨉도 안 되는 무시무시한 영상 많을걸? 그분의 손가락 하나면 대방출. 그러니 잘 좀 해드려. 집에 오면 기타만 치지 말고 집안일도 좀 돕고."

'앞으로 효도하지 않으면 시집은 다 갔다'를 깨닫고 당황에 빠진 윤이설. 윤익현은 누나를 엘리베이터에 밀어 넣고 손을 흔들어 보였다.

윤이설이 홍대 거리에 도착했을 즈음에는 하늘에 예쁜 노을이 지고 있었다. 시간은 6시 40분. 그녀는 손안의 샌드위치 바구니를 소중하게 안은 채로 Once의 출입문을 밀었다.

"안녕하세요~"

인사하며 안으로 들어서자 고소한 커피 향이 코끝을 자극해 왔다. 바에서 뜨거운 커피를 내리고 있던 카페 매니저 한승찬이 인사를 받으며 물었다.

"9시 공연인데 일찍 왔네?"

"저희 대표님이 좀 이따 오시거든요."

"이설이 네 공연 타임 예약석 꽉 찼어. 벌써 기다리는 사람도 있다 야."

"정말요?"

"봐봐."

한승찬이 카페 안쪽을 가리켰다.

"윤이설이다!"

"이설 씨, 오늘 무대 기대합니다!"

윤이설은 카페 내부에서 손을 흔들며 환호하는 몇 사람에게 고개를 꾸벅 숙여 보였다.

"이건 서비스."

따끈한 커피 한 잔이 바의 탁자 위에 올라왔다.

"고마워요, 매니저님."

윤이설은 샌드위치가 담긴 바구니를 내려놓고 안에서 하나 꺼냈다.

"이거 드세요. 집에서 만들어 왔어요."

"오오, 땡큐. 잘 먹을게."

"저 기타 좀 놔두고 올게요."

윤이설이 카페의 대기실로 달려간 사이 Once의 입구로 이십 대 후반의 여인이 들어섰다. 여인은 곧장 한승찬에게 다가와 앞에 앉더니 물었다.

"웬 샌드위치?"

"이설이가 줬어."

"나라면 안 먹어. 이설이 음식 솜씨 형편없다."

막 샌드위치를 입에 넣으려던 한승찬이 멈칫했다.

"혜나 언니!"

뒷방에서 나온 윤이설의 얼굴에 반가움이 피어올랐다.

"안녕, 이설아."

여인의 이름은 신혜나. 두 달 전, 그녀가 감기에 걸린 통에 대신 올라섰던 무대에서 윤이설은 민호와 만나게 됐다. 신혜나야말로 여러 뮤지션들과 좋은 음악을 할 수 있게 해준 원인이자 은인인 것이다.

"이거 맛있는데?"

샌드위치를 한입 베어 물었던 한승찬이 오물거리며 엄지를 치켜들었다. 신혜나는 '그럴 리가?' 하는 표정으로 윤이설을 돌아보았다.

"내가 이설이 본 지 5년째야. 요게 음악은 쭉쭉 느는데 요리만큼은 인간이 먹을 수 있는 맛을 전혀 못 냈거든. 지난번 주먹밥엔 우리 밴드 식구 다들 배탈이……."

"언니!"

윤이설이 성큼 달려와 신혜나의 손을 붙잡았다. 그리고 언니의 귀에 빠르게 속삭였다.

"이거 엄마가 도와줬어요."

"그래?"

"좀 있으면 대표님 오실 건데, 저 음식 못하는 거 비밀로 해주시면 안 돼요?"

"대표라면, 얼마 전에 상건 선배도 들어간 그 레이블 대표? 강민호 씨였나?"

윤이설이 고개를 끄덕였다. 신혜나는 걱정하지 말라는 듯 후배의 어깨에 손을 올렸다.

"네가 만들어 주면 보통 사내 녀석들은 아무리 맛없어도 좋아라 할 거야. 우리 밴드, 그 무식한 애들도 그 주먹밥 꾸역꾸역 다 먹었잖아."

"언니이~ 그만 놀려요. 대표님 온다고요."

울상이 된 윤이설을 보며 신혜나가 급히 말했다.

"미안미안. 암말도 안 할게."

감정이 얼굴에 확 티가 나는 윤이설은 언제 봐도 순수하고 착한 후배였다. 샌드위치 맛을 본 신혜나는 한승찬과 마찬가지로 엄지를 들었다.

"확실히 맛있네. 그 오매불망 대표님 때문에 특별히 만든 거라 이거지?"

"딱히 대표님만 주려는 건 아니고요. 이따 오실 사계절 선배님들하고 상건 선배님도 같이 먹을 겸 해서……."

신혜나는 우물쭈물 변명하는 윤이설의 뺨을 귀엽다는 듯 꼬집었다.

"으이구. 아주 푹 빠졌어. 사진 보니까 평범하더만."

"평범이라뇨!"

이 말에 윤이설이 발끈했다.

"민호 오빠가 요새 얼마나 잘나가는데."

"나는 TV 잘 안 봐서. 예전에 네 뒤만 졸졸 따라다니던 명식이. 걔 아이돌 데뷔해서 잘나가잖아."

"비교할 걸 비교해야죠."

카페 입구 쪽을 흘끔 본 신혜나는 묘한 미소를 지으며 윤이설에게 물었다.

"강민호 씨, 얼마나 잘나가는데?"

"말도 마요. 예능은 나갔다 하면 화제에, 얼마 전에는 BBC랑 인터뷰도 했어요."

"그래?"

더 해봐 하는 신혜나의 눈길에 윤이설은 자신 있게 말을 이었다.

"광고도 멋있는 거 막막 찍었다고요. 영화 같은 거 그거 못 봤죠? 우리 대표님만큼……."

"임시 대표라고 몇 번을 말했나요, 윤이설 가수님?"

등 뒤의 익숙한 목소리에 윤이설의 동작이 굳어졌다.

"우리 임시 대표님만큼 음악을 사랑하는 분이 또 어딨다고."

윤이설은 재빨리 둘러댔으나 정수리를 콩 때리는 민호의

손길을 피할 수가 없었다.

"늦었다."

그녀가 '힝' 하고 머리를 문질렀다.

민호는 신혜나와 인사를 나누었다.

"처음 뵙겠습니다, 스타피스 임시 대표 강민호라고 합니다."

"반가워요, 신혜나예요."

옆에서 '제발 다른 말은 말아주세요' 하는 윤이설의 간절한 표정에 신혜나는 이후 별소리 없이 미소만 건넸다. 이미 안면이 있는 한승찬과도 눈인사를 나눈 민호는 곧장 윤이설에게 말했다.

"상건이 형은 라디오 끝나고 온다고 했고, 사계절 형님들도 밤 10시는 넘어야 나오실 테고. 너 공연 들어가기 전에 먼저 한 곡 작업해 둘까?"

"네, 오빠."

민호와 함께 뒷방으로 향하는 윤이설의 눈은 마구 반짝였다.

두 사람이 사라지자 신혜나는 "음" 하고 애매하다는 표정을 지었다. 그 모습에 한승찬이 고개를 갸웃했다.

"왜?"

"이설이가 딱해 보여서. 재는 아직 어려서 한번 폭 빠지면 브레이크가 없어. 연애는 밀당이 생명인데 맨날 순진하게 당할 것 같잖아."

"밀당? 난 보기 좋구만 뭐."

전혀 모르겠다는 한승찬의 표정에 신혜나가 물었다.

"승찬 씨는 나랑 사귀는 거 안 피곤해?"

"저언혀~ 아주 좋아 죽겠는걸."

한승찬이 입술을 쭉 내밀었다. 신혜나는 그런 그의 입술에 손가락을 올리며 말했다.

"매니저님, 주문한 커피는 뽑아 놓으셨나요?"

"맛나게 우렸지."

"이리 와."

그제야 쪽 하고 입을 맞춰주자 헤벌쭉 입이 벌어진 한승찬을 보며, 신혜나가 덧붙였다.

"봐봐. 이설이도 꼭 승찬 씨 같다고."

"걱정도 팔자야. 내가 자기를 훨씬 더 좋아하는 건 맞는데, 그게 왜 딱할 거라고 생각해?"

신혜나의 기준에서 착해 빠진 애인, 한승찬이 웃으며 말을 이었다.

"민호 씨는 그리고 사람이 좀 독특해. 가끔 오시는 사장님도 척 보고 맘에 들어 하시더라고."

"사장님이?"

"응, 자기도 알잖아. 우리 사장님 이기적인 사람은 귀신같이 골라내는 거.”

“저기요!”

뒷방에 들어갔던 민호가 갑자기 밖으로 나왔다.

“한 매니저님. 쇠 컵 3개만 빌려 주실 수 있나요?”

“쇠 컵?”

뭘 할 거냐는 눈길에 민호는 해맑게 웃으며 대답했다.

“이설이한테 오늘 배운 마술 좀 보여주려고요.”

하며 왼손에서 카드 한 장을 휙 꺼내 보였다. 그 재빠름에 한승찬은 웃음을 신혜나는 헛웃음을 흘렸다.

“여기요, 민호 씨.”

“고마워요!”

컵을 받아 들자마자 잔뜩 들뜬 얼굴로 뒷방으로 달려가는 민호. 신혜나는 가만히 지켜보다 한승찬에게 물었다.

“민호 씨 음악은 어느 정도 해?”

“이따가 한번 들어봐. 깜짝 놀랄 거야.”

카페 Once의 뒷방은 무대에 오를 가수들의 대기실만 7개가 존재하는 제법 넓은 공간이었다. 본래 노래방을 하던 곳을 고쳐 쓰는 터라 방음은 기본이고, 대기실별로 오디오 장치도 되어 있었다.

그 한쪽 방에 자리를 잡은 민호는 윤이설이 가져온 샌드위치를 맛있게 먹으며 물었다.

"이설이 너, 타이틀곡 뮤직비디오 콘셉트 혹시 생각해 둔 거 있어?"

"아니요."

윤이설이 고개를 흔들었다.

'눈맞춤'이란 이름을 붙인 타이틀곡은, 발랄한 리듬감에 윤이설의 고운 목소리가 담긴, 달콤한 봄바람 느낌이 나는 곡이었다. 민호는 콘셉트를 고민하다 말했다.

"아이돌 뮤직비디오 엄청 본 사람 입장에서, 곡 느낌에 맞게 가수가 직접 나와 연기해 주는 게 가장 어울리더라고. 이설이 너도 그런 식으로 가볼까?"

"저 연기 한 번도 안 해봤어요."

"괜찮아. 뮤직비디오는 대사가 없어."

민호는 걱정이 가시지 않아 보이는 윤이설에게 웃으며 말했다.

"노래는 멜로디랑 목소리에 감정도 담기잖아. 너 노래 부를 때 사람들 가까이서 못 봤지? 다들 넋을 잃어."

"오빠도요?"

"그럼, 나도."

윤이설은 이 대답해 흐뭇한 미소를 지었다. 민호는 어느새 한쪽을 다 먹은 샌드위치를 가리켰다.

"그나저나 이거 진짜 맛있다. 이설이 너 요리 이렇게 잘하는 줄 몰랐어."

민호의 칭찬에 윤이설은 가슴 한구석이 찔려왔으나 마음을 굳게 먹고 잡아뗐다.

"솜씨 좀 발휘했죠."

어깨를 으쓱하는 그녀가 귀여워 머리라도 쓰다듬어 주고 싶어지는 민호였다.

샌드위치 시식 후, 민호는 컵 3개를 꺼내 탁자에 뒤집어 놓았다.

"잘 봐봐."

가운데 컵에 동전 하나를 숨긴 뒤에 3개의 컵을 쓱쓱 돌렸다. 천천히, 그리고 뻔하게.

"어디 있는지 알겠어?"

"여기잖아요."

"짜잔."

동전은 최초에 숨기는 척하며 손에 쥐고 있었기에 당연히 컵 밑에는 없었다. 윤이설이 놀라는 사이 다른 두 개의 컵을 뒤집었다.

"어? 어디 갔어요?"

민호는 원래 컵을 톡 건드렸다.

"이거."

"여긴 없었…… 아."

윤이설의 눈이 큼지막하게 벌어졌다. 민호가 컵을 뒤집자 방금까지 없었던 동전이 나타난 것이다.

"와아, 어떻게 하는 거예요?"

"마술은 트릭을 밝히려고 보는 게 아니야. 그냥 즐겨."

민호는 왜 송호진이 패널들을 속이며 그리 좋아했는지 조금 알 것 같은 기분이 됐다.

"다른 것도 있어요?"

"그럼!"

그렇게 화기애애한 마술 시연 시간이 상당히 흐르고 나서야 오늘 만난 이유를 떠올린 두 사람은 뒤늦게 편곡 준비를 시작했다.

민호는 물었다.

"원래 하나였는데 어째서 2곡이 된 거야?"

"꼭 집어넣었으면 하는 에필로그 곡이 있거든요."

기타 케이스를 열어보던 윤이설이 갑자기 "어?" 하는 소리를 냈다.

"오빠, 제 짐도 숨기는 마술 썼어요?"

"응? 그건 안 했는데?"

윤이설은 케이스 안쪽 주머니에 들어 있어야 할 작은 가방이 사라져 당황에 빠졌다.

"왜? 뭐가 없어졌어?"

"지갑이랑 이것저것 들은 가방이요."

"잘 찾아봐."

"항상 여기에만 넣어 두고 다녀요. 아까는 분명히 있었는데."

케이스 안을 샅샅이 뒤져 보아도 가방이 나오질 않자 윤이설은 금방이라도 울음을 터트릴 것만 같은 표정이 됐다.

"어쩌죠?"

윤이설을 안심시키기 위해 어깨를 두드려 주던 민호가 물었다.

"거기 비싼 거 많이 들었어?"

"그런 건 아니지만, 하모니카가 들어 있어요."

이 말에 민호의 눈이 번뜩였다. 다른 건 다시 사면 그만이지만 하모니카라니.

"걱정하지 마, 이설아. 내가 찾아 줄게."

"짐을 분실했다고요?"

바에 있던 한승찬은 민호의 말에 놀라서 되물었다.

"언제요?"

"시기를 보니까, 이설이가 먼저 와서 짐을 풀고 난 직후 같은데. 혹시 CCTV 좀 확인할 수 있을까요?"

한승찬은 민호의 말에 계산대 아래에 설치된 모니터에서 뒷방 천장에 달린 CCTV를 돌려보았다.

7시경의 화면.

윤이설이 방에 들어갔다 나오고 얼마 지나지 않아 모자를 푹 눌러쓴 한 사람이 나타났다. 주위에 아무도 지나가지 않음을 확인한 사람은 방으로 들어가 짐을 들고 밖으로 나왔다.

"민호 씨. 이설아."

한승찬이 놀라 화면을 가리켰다.

복도 끝의 방이라 얼굴은 확인하기가 힘들었지만, 분명히 누군가 방에 들어갔다 나왔다. 멈춰 있는 화면의 한 지점을 가리킨 민호가 윤이설에게 물었다.

"이 사람 마주친 기억나?"

"아니요."

윤이설은 고개를 흔들었다.

현재 시각은 8시. 1시간 전이었다면 벌써 도망쳐도 한참을 도망쳤을 시간이었다.

"민호 씨."

낙담하고 있던 민호에게 한승찬이 목소리를 낮춰 말했다.

"이설이 왔을 즈음부터 들어온 사람만 있지 나간 사람은 없어요. 다들 공연 보러온 손님이라 나갈 이유가 없거든요.

입구에 CCTV도 있고."

"진짜요?"

"네."

"그럼……."

민호의 시선은 공연 때문에 사람으로 가득해진 카페 안쪽을 향했다. 훔쳐간 범인이 저 안에 있을 가능성이 컸다.

'감히 이설이의 하모니카를 훔쳐?'

민호는 부글부글 끓어오르는 기분과 함께 손에 반지를 꼈다. 꼭 찾아낸다. 기다려라 하모니카야.

"도둑?"

소식을 듣고 놀라 대기실에서 나온 신혜나에게 한승찬은 '쉿' 하고 손가락을 입에 댔다.

"아직 손님 중에 있을지 몰라."

"저 안에? 대박. 신고는 했어?"

"어, 근처 지구대에서 경찰 오는 길."

신혜나는 시무룩해 있는 윤이설의 손을 붙잡았다.

"요즘 세상이 어떤 세상인데. CCTV 증거도 있으니까 경찰이 오면 꼭 잡아낼 거야."

신혜나의 위로에 윤이설은 고맙다며 고개를 꾸벅 숙였다. 그리고 민호에게 시선이 머물렀다. 뭔가 자신보다 훨씬 충격을 받은 것 같은 그는 천장과 벽을 쳐다보며 무척 심각한 표정을 짓고 있었다.

윤이설과 마찬가지로 민호를 지켜보던 신혜나가 낮게 속삭였다.

“얘, 너희 대표님 뭐 하고 계신 거니?”

“모르겠어요. 잠깐만 있어보라고 하신 뒤로 아무 말 없으세요.”

얼마 뒤, 민호가 상념에서 깨어났다.

“이설아.”

“네, 오빠.”

“CCTV 계속 보고 있어봐. 내가 보이는지.”

“네?”

윤이설이 무슨 말인지 고개를 갸우뚱하는 사이 민호가 안쪽으로 사라졌다.

계산대 아래의 모니터에 시선을 두고 있던 윤이설은 분할된 화면 어디에도 민호의 모습이 전혀 눈에 띄지 않자 고개를 갸웃했다. 그러다 그녀가 있었던 방문 앞으로 모자를 푹 눌러쓴 사람이 나타났다.

“어어? 버, 범인?”

그러나 아까 본 범인과는 체형이 좀 달랐다. 방 안에서 기타를 메고 나온 그는 CCTV를 향해 손을 흔들어 보였다.

"민호 씨네."

신혜나는 이 말을 하고서도 놀란 눈이 됐다.

"우리 다른 화면에서는 움직이는 거 못 봤잖아."

절도범을 찾기 위해 민호가 가장 먼저 한 일은 CCTV의 세부 위치 파악이었다. 입구에 하나, 카페 내부에 셋, 뒷방 복도에 둘. 반지 덕분에 경로 파악은 간단했다.

여섯 개의 CCTV가 있다고 해도 방이 미로처럼 나 있는 뒷방의 구조상 빈틈이 많았다. 절도가 벌어진 방은 그나마 복도에 걸쳐 있어 CCTV에 노출됐으나, 그마저도 거리 때문에 자세한 얼굴 확인이 힘들었다.

민호는 대기실에서 기타를 메고 나와 CCTV 쪽을 향해 손을 흔들어 보였다.

카페 내부에서 뒷방까지는 충분히 몰래 침입했다 몰래 나올 법한 사각지대가 존재했다. 중간에 무대 의상이 널려 있는 방에 들른다면 완벽한 변장도 가능한 수준이었다.

실제로 민호는 범인과 비슷해 보이는 모자를 찾아 직접 써 보기까지 했다.

'이놈, 계획적이야.'

돈을 노렸다면 눈에 안 띄는 다른 방도 침입해 볼 만했지만 잃어버린 것은 하모니카. 아니, 이설이의 가방 하나뿐. 의심해 볼 수 있는 건 최근 팬이 급격히 늘어나 누군가 이설이의 물건을 빼돌리려 했다는 것이었다. 극성팬이라면 스타의 물건을 소유하고 싶어 하는 욕구를 품을 수 있으니까.

뒷방에서 걸어 나온 민호는 계산대에 있는 윤이설에게 다가갔다.

"오빠, 어떻게 들어가신 거예요?"

"기둥 뒤로 돌아서 화장실 벽 쪽으로 쭉 붙어 가면 노출이 안 돼. 절도범도 그렇게 움직였을 거야."

단번에 구조를 파악하고 감시의 사각지대를 입증한 민호를 보며 한승찬이 우스갯소리로 물었다.

"여기만 막고 있으면 민호 씨가 막 범인 찾아내고 그러는 거 아니야?"

신혜나는 한승찬의 등을 탁 때렸다.

"무슨 소리야, 승찬 씨. 대놓고 훔칠 정도면 범죄자잖아. 어떤 일을 당할 줄 알고. 다들 경찰 올 때까지는 가만히 있어요."

민호는 싱긋 웃으며 기타케이스를 윤이설에게 내밀었다.

"곧 9시야. 이설이 너는 일정대로 올라가서 공연해. 경찰 오기 전까지 괜히 어수선하면 범인이 도주할 수도 있으니까."

"오빠는요?"

품속에서 안경을 착용해 쓴 민호가 말했다.

"누가 나가나 철저히 감시해야지."

이설이의 온갖 추억이 담겨 있는 하모니카는 절대로 훔쳐 가게 놓아둘 수 없다. 민호는 곧장 입구 근처의 기둥 뒤에 찰싹 붙어 수십 개의 테이블에 둘러앉은 손님들을 살피기 시작했다.

윤이설은 기타를 들고 무대 옆의 대기석으로 향했다.

"자기도 준비해야지. 오늘 첫 순서잖아."

한승찬이 신혜나의 곁으로 다가왔다. 신혜나는 한승찬의 옆구리를 쿡 찌르고 민호를 가리켜 보였다.

손님을 한 명 한 명 뚫어지게 바라보며 메모지에 무언가를 적고 있는 민호.

'뭐 하는 걸까?'라는 신혜나의 눈길에 한승찬은 피식 웃었다.

"내가 아까 말했잖아. 독특하다고."

오후 9시. Once만의 저녁 라이브 공연의 시작은 인디 재즈 밴드 '스팟'의 경쾌한 힐링뮤직이었다. 메인 보컬 신혜나의 목소리가 카페 안에 울려 퍼지자 흥이 오른 손님들이 손뼥을 치며 따라 불렀다.

"어우, 어지러워."

민호는『즐거움』이 잔뜩 떠오른 사람들의 얼굴을 훑어보다 안경을 벗었다. 근 20분 동안 착용하고 벗고를 반복했더니 세상이 빙빙 돌았다.

그래도 성과는 있었다.

20분 동안, 단순히 노래를 듣기 위해 저 안에 앉아 있는 사람과 그렇지 않은 사람을 확실히 구분 지었다.

'아마도 세 사람 중 하나.'

메모지에 적어놓은 용의자 중에 무대를 즐기려고 이곳을 찾았으리라고는 전혀 생각할 수 없는 감정 상태를 내뿜고 있는 인원이 있었다.

민호는 그중에서도『긴장과 초초』의 색으로 가득한 한 사람에게 시선이 머물렀다. 안경을 쓴 서른 중반의 사내는 무대와 대기석에 앉아 있는 윤이설을 흘끔거리며 자꾸만 눈치를 살피는 중이었다.

경찰이 오면 바로 지목할 일순위의 상대.

두 번째 중년 사내의 감정은『덤덤함』이었는데, 좀처럼 다른 감정을 드러내지 않았다.

마지막 젊은 사내는『짜증』이었다. 계속해서 입구를 살피며 누군가가 오길 기다리는 것이 무대를 즐기기 위해서라기보다는 약속 장소로 이곳을 활용 중인 것처럼 보였다.

'이젠 경찰 와서 검문해 보면 알 일.'

민호는 하모니카를 되찾는 게 머지않았다는 생각에 조금은 안도감이 들었다.

딸랑.

카페의 문이 열리며 한 떼의 사람들이 들어왔다.

경찰일 것으로 기대하고 시선을 돌린 민호는 낯익은 얼굴들을 확인하고 눈이 커졌다.

"동묵이 형."

"민호야, 2차 이리로 왔다. 잘했지?"

낮에 촬영을 함께했던 장동묵을 필두로, '마술탐험대' 출연진들이 줄지어 들어섰다. 벌써 한잔 거하게 걸쳤는지 대부분 얼굴이 붉어진 상태였다.

패널 중 한 사람이었던 작가 류희운이 다가오며 웃었다.

"동묵 씨가 잠깐 윤이설 씨 동영상을 보여줬는데 이거 안 볼 수 없겠더군요. 참한 데다가 노래까지 좋아."

배우 홍은숙과 쌍둥이 아이돌에 이어 신국 교수까지 들어왔다. 마지막으로 들어선 송호진은 바로 민호에게 달려와 말했다.

"민호 씨! 저녁 먹으면서 확실한 트릭 하나 생각해 뒀어."

"다들 일단 이쪽으로 오세요. 안에 자리가 없어요."

카페 내부가 만석인 터라 민호는 그들을 바의 의자로 안내했다. 한승찬은 연예인들의 등장에 '와우!' 하고 미소 지으며 손님을 받았다.

칵테일과 안줏거리 주문을 끝마친 송호진이 민호에게 말했다.

"카드를 섞다가 떨어트렸잖아. 그때 표시를 해둔 거야. 민호 씨만 볼 수 있는 안료로. 보는 건, 음……. 특수한 콘택트렌즈 같은 걸 꼈지?"

"너무 나간 거 같은데요?"

"그런가?"

머리를 긁적이며 물러나는 송호진에게 장동묵이 혀를 차며 고개를 흔들었다.

"송 술사. 민호한테 마술까지 밀려?"

"형이 직접 봤어야 해요. 민호 씨. 여기서 동묵이 형한테도 보여줘 봐. 이 형은 더 놀랄걸."

"나중에요. 지금은 일이 좀 있어서."

민호는 입구 쪽에 시선을 돌렸다. 하모니카를 찾는 것이 우선, 친목은 그 이후다.

무대에 윤이설이 올라왔다.

"떴다!"

장동묵이 카페 뒤편으로 움직이자 다른 이들도 우르르 몰려갔다. 민호는 경찰을 기다리며 입구를 서성이던 중에 신국 교수만 바에 홀로 앉아 있는 모습을 발견했다.

눈이 마주친 신국이 칵테일 잔을 흔들어 보였다.

"전 음악보다 이것 때문에 온 거라서."

"Once의 술맛은 유명하죠."

매니저이자 바텐더인 한승찬의 대답에 신국은 부드럽게 웃었다. 민호는 신국을 바라보다 손가락을 튕겼다.

'맞다, 저분 범죄심리학 전문가잖아?'

민호는 절도 건에 대해 이야기를 해볼까 싶어 다가서려다 입구의 발걸음 소리를 들었다. 문이 열리고 민호가 기다렸던 경찰이 들어섰다.

"신고가 들어와서 방문했습니다."

경례한 뒤, 자신을 도지웅 순경이라고 밝힌 경찰에게 민호는 자초지종을 이야기했다. 저녁 7시경 가방이 사라지고 범인이 화면에 찍힌 것. 그 이후 2시간 동안 밖으로 나간 이가 없다는 사실까지.

CCTV의 영상까지 확인한 도 순경이 무전기에 대고 말했다.

"……네, 경사님. 증거는 확실하니까 검문해 볼 여지는 충분합니다."

무전을 끝마친 경찰에게 민호는 조심스레 덧붙였다.

"순경님. 저쪽에 되게 불안한 기색으로 앉아 있는 사람이 있거든요."

"불안한 기색이요?"

"네."

이 말에 술잔을 기울이고 있던 신국이 흥미 있는 눈초리가 되어 고개를 돌렸다.

도 순경은 카페 안쪽에서 민호가 지목한 사내를 보더니 고개를 끄덕였다.

"확인해 두겠습니다. 지원 오기 전까지 입구 말고 다른 쪽으로 도주할 수 있는지 순찰 좀 하고 올 테니, 나가는 분 있으면 바로 말씀해 주십시오. 검문하고 보내게."

민호는 뒷방으로 가는 도 순경에게 도주 경로는 자신이 이미 다 파악했다는 말을 덧붙이지 못했다. 경찰도 아니고, 이설이의 지인일 뿐인데 이것저것 많이 참견하는 것도 좀 이상하니까. 어쨌든 경찰이 왔으니 확인만 남았다.

"절도 사건이 있었군요."

도 경사가 사라지자 신국이 술잔을 내려놓으며 말했다.

"그런데 민호 씨. 계획적으로 물건을 훔칠 범인이라면 당황하지 않을 겁니다."

"네?"

"베테랑 절도범들은 강심장이거든요. 범행 시간, 작업도구, 복장, 장소를 모두 고려해서 치고 빠지죠. 우발적인 절도를 저지른 사람하고, CCTV의 사각지대를 이용해 절도를 저지른 사람하고는 차이가 있지 않겠어요?"

"맞아요, 맞아."

일리 있는 말에 민호는 저절로 고개를 끄덕이게 됐다. 민호는 신국의 옆에 앉으며 물었다.

"교수님. 당황한 사람 말고도, 순수하게 음악 감상을 하러 온 사람이 아닌 것 같다면 의심해 볼만할까요?"

"그 정도는 합리적인 의심이겠죠."

민호는 손에 쥔 메모지에 적어 놓았던 용의자 셋의 의심순위를 다시 조정했다. 옆에서 지켜보던 신국은 의외라는 표정이 되어 물었다.

"민호 씨가 의심한 용의자, 한 명이 아니었어요?"

"이거요? 이설이 물건을 어떻게든 찾아보려고 하다가…… 별거 아니니 신경 쓰지 마세요."

범죄심리학 전문가 앞에서 괜히 주름잡는 것 같아진 민호는 부끄러운 마음에 얼른 메모지를 주머니에 넣었다. 신국 교수는 고개를 흔들었다.

"지금 민호 씨가 하는 건 심리수사기법이에요. 매우 정확하고 바른 추리죠."

"심리수사요?"

감정을 꿰뚫어보는 안경을 이용했다 뿐이지 거창한 이름이 붙을 만한 수사를 한 건 아니었기에 민호는 멋쩍은 웃음을 지었다.

"궁금한 게 있는데. 두 번째 용의자가 덤덤하다고 판단한 근거는 뭐죠?"

"그건……."

딱히 대답할 말이 없어 민호가 헛기침하던 그때.

"내가 한 게 아니야!"

카페 안쪽에서 소란스러운 목소리가 들려왔다. 민호와 신국이 동시에 고개를 돌렸다.

도 순경이 한 사내에게 실랑이를 당하는 광경에 민호는 벌떡 일어섰다. 안경 사내가 도 순경을 휙 뿌리치고 도망치듯 카페 안을 뛰어나왔다. "거기서!" 하는 도 순경의 외침이 이어졌다.

'범인?'

민호는 손가락에 끼워진 반지를 확인하고, 입구로 달려 나오는 안경 사내의 움직임에 시선을 집중했다.

세 걸음. 두 걸음.

한 걸음의 거리로 가까워졌을 때 민호는 불쑥 손을 내밀었다. 안경 사내가 몸을 비틀어 지나치려고 했으나, 민호의 손은 갈고리가 된 것마냥 상대의 손목을 낚아챘다.

"이거 놔!"

민호는 안경 사내의 반발을 간단히 억누르며 낚아챈 손목을 뒤로 돌려 제압했다. 재빠르면서도 효과적인 민호의 동작에 신국은 턱을 괴며 눈을 빛냈다.

"이잇!"

"진정하세요. 움직이면 아파요."

팔이 꺾여 기둥에 착 달라붙게 된 안경 사내. 민호는 뒤늦게 달려온 도 순경에게 안경 사내를 넘겼다.

"이 사람이 화장실에 무언가를 숨기고 있었습니다. 혹시 잃어버린 짐이 이것 맞습니까?"

도 순경이 손바닥만 한 가방을 민호에게 건네주었다. 안을 열고 하모니카가 들어 있음을 확인한 민호는 놀란 얼굴로 고개를 끄덕였다.

"맞아요."

"내가 아니라니까!"

안경 사내가 소리를 지르자 도 순경은 수갑을 채우며 혀를 찼다.

"이보세요. 훔친 물건을 변기 뚜껑에 숨기고 있었으면서 무슨 소릴 하십니까?"

"나도 모르게 내 가방에 들어가 있었다고!"

"자세한 건 조사하면 나올 거고."

무대에서 내려온 윤이설이 민호에게 달려왔다.

"오빠."

"이설아. 네 가방 맞지?"

민호가 손가방을 넘겨주자 윤이설이 고개를 끄덕였다. 안도한 그녀의 표정에 민호도 '휴' 하고 고개를 끄덕였다.

막 지원을 나온 지구대의 다른 경찰까지 합류하자 안경 사내의 연행은 신속히 진행됐다. 안경 사내는 끌려가는 도중에도 계속해서 아니라고 소리를 질렀다.

도 순경이 윤이설에게 다가왔다.

"없어진 물건은 확인하셨습니까?"

"전부 있어요."

"현행범이긴 하지만 계속 잡아떼면 나중에 피해자 조사를 위해 오셔야 할 수도 있습니다."

"그럴게요."

떠나는 도 순경을 향해 윤이설이 허리를 숙였다.

"감사해요, 경찰관님."

일련의 소란에 입구에 잔뜩 몰려든 손님들이 웅성거렸다.

"도둑이 들었었나 봐."

"간도 커. 훔치고 나서도 안 도망쳤어?"

그 틈에 있던 장동묵이 외쳤다.

"윤이설 양 무대 안 끝났잖아요. 다음 곡!"

이 외침에 많은 손님이 동의하며 고개를 끄덕였다.

"아……."

사람들의 반응에 윤이설의 시선은 민호를 향했다. 물건을 찾긴 했지만, 마음이 싱숭생숭할 거라는 생각에 민호가 조용히 물었다.

"무대에 올라도 괜찮겠어?"

"네, 오빠. 이거."

윤이설은 손가방을 민호에게 넘겨주고 남은 곡을 마무리하기 위해 카페 안으로 들어갔다.

Once 안에 한차례의 폭풍이 지나갔다.

민호는 바에 앉으며 어딘지 찜찜한 기분을 느끼는 중이었다. 하모니카는 지켰으나 뭔가 빠진 듯한 이 감정. 왠지 억울해 보였던 안경 사내의 얼굴이 자꾸만 아른거렸다.

그런 민호에게 신국이 입을 열었다.

"베테랑 절도범에게 현장을 빠르게 벗어나는 건 용의선상을 벗어나는 필수 전략이죠. 프로파일상 방금 그 남자는 계획범이 아니에요."

"역시, 교수님도 지금 잡혀간 그 남자가 안 훔친 것 같으시죠?"

"그건 확신할 수 없어요. 가방을 숨기려 했던 것은 목격자도 있고 확실한 정황이니. 그렇다면, 왜 그랬을까에 집중해 보는 편이 나아요. 범죄를 수사하는데 범행 동기만큼 명확한 추적 증거는 또 없거든요."

"어렵네요."

"어렵죠. 사람 마음이란 게 본다고 보이는 게 아니니. 혹시, 하이젠베르크의 불확정성 원리 아세요?"

신국의 물음에 임소희의 만년필로 지식이 충만한 상태인 민호는 듣자마자 이해하고 대답했다.

"양자 역학 이론이죠?"

"관찰 행위가 관찰 대상에게 영향을 준다. 양자에 범인을 대입해 생각해 보세요. 범인이 아무리 태연해도, 조사당하고 있다는 걸 눈치채면 행동 방식을 바꾸는 걸 고려하거든요."

테이블에 칵테일을 새로 한잔 올려놓던 한승찬은 두 사람의 대화에 혀를 내두르며 물었다.

"지금 이설이 가방 훔친 좀도둑 얘기하시는 거 맞죠?"

신국은 웃음을 지었고, 민호는 카페 안쪽으로 시선을 돌렸다.

자신이 입구를 서성이며 안쪽을 체크하고 있었다는 사실을 범인이 알고 이용했다면, 그래서 아까의 그 남자에게 뒤집어씌운 것이라면, 경찰은 헛다리를 짚은 것이 된다.

하지만, 어떻게?

게다가 증거가 없어 밝혀낼 방법이 없다.

민호는 혹시나 싶어 앞섶에 걸어 두었던 안경을 착용했다. 그리고 두 번째 용의자였던 사람을 바라보았다. 『덤덤하지만 열기가 생김』의 상태가 되어 있는 중년 사내. 이제는 확실히 알 수 있었다. 취향이 맞는 가수는 따로 있지만, 윤이설의 노래에 조금씩 마음을 열고 있는 과정이라는 것.

세 번째 용의자였던 사람에게 시선을 돌렸다. 『짜증』은 아직도 그대로였다.

'설마.'

민호는 불현듯 7시경에 찍힌 범인의 모습이 떠올랐다. 자리에서 일어난 민호가 한승찬에게 말했다.

"한 매니저님. 아까 본 CCTV 영상 다시 돌려볼 수 있나요?"

"그럼요. 경찰에 파일 복사해 주느라 따로 빼놨어요."

한승찬이 카운터의 모니터에서 곧바로 7시경의 CCTV를 틀었다. 민호는 안경을 쓴 채로 화면 속 범인을 지켜보았다.

『짜증』의 짙은 회색.

"이런……."

윤이설 순서 내내 민호는 안쪽 테이블에 주의를 기울이는 것을 소홀히 하지 않았다.

두 번째 용의자는 이설이의 노래가 끝날 즈음 『만족감』의 온화한 색을 띠고 있었다. 취향이 아니었으나 이설이의 노래에 반했다는 느낌이 확실해졌다. 그에 비해 세 번째 용의자는 아직 『짜증』의 상태로 테이블에 남아 있었다.

'뭔가 있어.'

구경을 갔던 장동묵이 바로 돌아와 민호의 옆에 앉았다.

"민호야. 내 라디오에 윤이설 씨 한번 내보내 줘. 실검 1위 만들어 줄게."

"형 라디오는 토크 위주잖아요. 이설이 재는 수줍음이 많아서 토크 프로는 무리일 거예요."

"걱정 마, 혼자 다 웃겨줄 수 있어."

임시지만 윤이설을 책임지는 레이블 대표인 이상, 민호는 프로그램 하나도 꼼꼼하게 따져서 출연시켜야 한다는 마인드였다.

"이설이의 라디오 첫 출연은 '음악여행'을 생각 중이에요. 라이브 공연도 가능하니까. 그다음에 스케줄 잡아 볼게요."

"깐깐한 녀석."

장동묵은 맥주를 한 모금 넘기며 고개를 흔들었다.

"저도 한 병이요!"

뒤이어 바에 앉은 송호진이 맥주를 주문했다. 그리고 민호를 보며 놀랐다는 듯 말했다.

"민호 씨가 윤이설 씨 곡을 편곡했다며? 놀랐어. 진짜 능력자였네."

"송 술사, 우리 민호 잘나가니 알아서 모시라고 했잖아."

"이제부터 잘 모시면 되죠."

민호는 본격적인 2차를 시작한 '마술탐험대' 출연진들을 향해 말했다.

"마음껏 드세요. 여기 술은 제가 쏩니다."

"굿굿!"

"고마워, 민호 씨!"

칵테일을 네 잔째 비우는 중인 신국도 웃으며 잔을 들어 보였다.

경쾌한 리듬이 흐르고 있는 Once 안.

한창 리듬을 타며 맥주를 들이켜고 있던 장동묵이 말했다.

"우리 슬슬 3차 갈 곳 정해야 하는데."

"3차는 형이 쏘는 건가요?"

"쏜다. 가실 분은 가시고. 남는 분은 오늘 죽을 때까지 먹는 거야."

"오오!"

"가실 분?"

그러나 3차를 가겠다는 인원은 송호진뿐이었다. 장동묵은 어쩔 수 없다는 듯 말했다.

"4차를 위한 속풀이 겸 순대국 어때? 4차는 네가 비싼 데서 쏘고."

"저 내장 들어간 건 못 먹잖아요. 3차를 맛있는 데로 가요."

송호진의 말에 장동묵이 "맞아, 그랬지" 하며 장난스럽게 말했다.

"그럼 선지해장국. 넌 선지만 넣어달라고 해. 고소하고 빨간 그 핏덩이~"

"우웩."

말만 했을 뿐인데 실제로 표정이 안 좋아지는 송호진을 보며 민호가 물었다.

"해장국 정말 싫어하시나 봐요?"

"아니요, 그건 아닌데……."

또 상상이 됐는지 송호진은 헛구역질을 일으켰다. 장동묵이 송호진의 등을 두드려 주며 말했다.

"얘 그 무슨 공포증인가 있어. 헤모뭐시기. 조금씩 자극해서 치료해야 한다던데, 말만으로 이러네. 심각해, 심각해."

"헤모포비아요?"

"응, 그거. 피 보면 아주 경기를 해요."

민호는 의외라는 얼굴로 송호진에게 시선을 돌렸다.

"민호 오빠."

그사이 몇몇 팬에게 사인을 해주고 온 윤이설이 다가왔다.

"이설 양, 무대 잘 봤어요!"

"저는 민호 씨랑 나이 차이 안나니 오빠라고 불러 주세요!"

'마술탐험대' 출연진들이 윤이설에게 환호했다. 윤이설은 그들에게 일일이 친절한 눈인사를 건넨 후에야 민호의 앞에 섰다.

"수고했어, 이설아."

내리 6곡을 부른 탓에 조금 지쳐 보이는 그녀에게 민호는 준비해 두었던 물병을 내밀었다.

"팬들한테 친절을 베푸는 것도 네 체력 생각해서 해. 휴게소에서 난리 난 거 봤었지?"

"네, 대표님."

윤이설은 물을 한 모금 넘기고 미소를 지었다. 민호는 그녀의 말을 바로 정정해 주었다.

"임시."

"네, 임시 대표님."

사실 임시라고 꼭 집어 부르라고 강요를 해대는 건 윤이설뿐이지만, 굳이 그녀가 그걸 알 필요는 없었다. 놀려먹을 때의 반응만큼은 민호가 알고 있는 그 어떤 사람보다 재밌으니까.

"임시 대표님, 곧 작업 바로 시작할까요?"

조심스레 눈을 맞춰오는 윤이설은 언제 봐도 귀여웠다. 민호는 웃으며 대답했다.

"좀 쉬고 있어. 상건이 형 20분 정도 있으면 온다니까 그때쯤 본격적으로 하자."

"그러면 저 혜나 언니랑 있을게요."

윤이설이 뒷방으로 사라졌다.

민호는 바에 앉아 있으며 내내 세 번째 용의자의 감정 상태를 살폈다.『짜증』에서 변화는 없으나 입구를 주시하는 기색은 여전했다.

'누굴 기다리는 거지?'

민호가 의아함을 품고 있는 가운데 카페의 문이 열리고 한 손님이 들어섰다. 이십 대 후반으로 보이는 평범한 인상의 남자. 잠시 시선을 빼앗겼던 민호는 세 번째 용의자에게 고개를 돌리고 멈칫했다.

『짜증』이었던 기색이 드디어 변한 것이다.

세 번째 용의자가『안도』의 밝은 빛이 된 얼굴로 자리에서 일어섰다. 눈치를 보며 기둥 뒤로 돌아가더니 지금 들어온 손님과 교차해 밖으로 나갔다.

그냥 지켜보면 무척 자연스러운 광경이었다. 그러나 감정 상태를 확인하고 있는 민호로서는 수상하다는 의문을 품지 않을 수가 없었다.

계산대 아래 보이는 CCTV 화면에 세 번째 용의자가 입구 밖으로 사라지는 모습이 잡혔다.

민호는 고민하며 들어온 손님 쪽을 바라보았다. 『냉담』의 감정인 것이 음악을 즐기러 들어온 것은 결코 아니었다.

"민호 씨."

신국의 부름에 민호가 고개를 돌렸다.

"찜찜한 것에 대한 답을 찾고 싶은 거죠?"

술을 상당히 마셨지만 『이성적이고 명쾌함』의 감정 상태인 신국 교수는 칵테일 잔으로 슬며시 방금 들어온 손님 쪽을 가리켰다.

"가만히 있는 사람 지켜보는 것쯤은 할 수 있어요."

30분 이상 민호의 행동을 주시한 신국이었기에 민호의 고민을 이해하고 이렇게 말해왔다. 민호는 고개 숙여 감사하며 자리에서 일어났다.

"무슨 일 생길 것 같으면 경찰 불러요."

"그래야죠. 제 걱정은 마세요."

신국은 칵테일 잔을 내리며 좀도둑을 단번에 제압했던 민호의 손끝에 시선이 머물렀다.

미행의 기술 같은 게 있는 것은 아니나 세 번째 용의자를 뒤따르는 데는 별 어려움이 없었다. 반지의 감이 있는데다 대학가의 거리엔 사람들로 흘러넘쳤으니까.

민호는 사람들 틈에 섞여 걸으며 천천히 용의자의 모습을 살폈다. 스물 초반으로 보이는 젊은 나이. Once 안의 어두운 조명이 아니라 밖에서 보니 얼굴이 제법 준수한 편이었다.

세 번째 용의자는 휴대폰을 들고 통화를 하더니 근처의 카페로 들어섰다.

3시간이나 있었던 라이브 카페를 나와 다시 카페에 들어가는 모양새는 심히 의심스러웠으나 안까지 따라 들어갈 수는 없었다. 내부가 시원하게 보이는 체인점 형식의 카페였기에 가까이 가자마자 미행하고 있는 사실이 탄로 날 가능성이 컸다.

민호는 홍대 거리의 밤 문화를 만끽하는 사람들 틈에 섰다. 춤 공연을 관람하는 사람들 사이에서 카페 안쪽에 시선을 두었다.

그렇게 서 있기를 1분여.

민호는 익숙한 얼굴 하나가 카페 안으로 들어서는 모습을 보고 신음을 삼켰다.

'정경민?'

이설이와 곡 작업을 하려다 음악적인 견해 차이로 까여 버린 HY뮤직의 프로듀서가 세 번째 용의자와 함께 있었다.

민호는 대화 중인 정경민을 바라보며 만년필을 손에 쥐었다. 이럴 때는 기습이 수 싸움에서 유리하다고 임소희의 경험이 말해주고 있었다.

즉시 휴대폰을 손에 쥐고 통화 버튼을 눌렀다.

카페의 유리창 너머로 세 번째 용의자를 향해 '쉿' 하는 동작을 해 보이는 정경민의 모습이 보였다.

–강 대표님! 오랜만입니다.

"안녕하세요, 정 프로듀서님."

–그러지 않아도 전화 드리려고 했습니다. 편곡 작업이 거의 끝나셨다고 들었는데, 레코딩 스케줄을 잡아야 하거든요.

민호는 일상적인 대화부터 시작했다.

"녹음실 일정은 저와 이설이보다 사계절 형님들의 스케줄을 고려해 주세요. 그분들 반주가 중요하니까."

–알겠습니다. 다른 하실 말씀은 있으십니까?

안경을 착용한 민호는 카페 유리창 너머 정경민의 얼굴을 직시한 채로 물었다.

"아, 지금 어디 계세요? 먼 데 아니시면 오늘 이설이 공연 있는데 한번 와주시겠어요?"

-회사라서 힘들 것 같네요. 요즘 밀고 있는 신인이 많아 아주 정신이 없거든요.

『오만과 과시』가 뒤섞인 자줏빛의 얼굴. 게다가 앉은 자리에서 뻔뻔한 거짓말까지 하는 중이었다.

"정 프로듀서님."

-네, 대표님.

민호는 차분히 물었다.

"왜 Once에서 이설이 가방을 훔치신 거죠?"

이 질문에 『당황과 불안』이 뒤엉킨 흙빛이 되어 버린 정경민이 떨리는 목소리로 대꾸했다.

-무슨 소리를 하시는지 모르겠습니다.

"저도 그래요."

-네?

"왼쪽으로 고개 좀 돌려주시겠어요?"

민호가 유리창 너머에 서서 정경민에게 손을 흔들어 보였다. 정경민의 얼굴이 『당혹』으로 붉게 물들었다.

"제대로 하라고 했잖아."

정경민이 화를 내자 앞에 앉아 있던 청년이 짜증 섞인 표정으로 되물었다.

"제대로 했거든?"

"그럼 강민호가 어떻게 따라온 거야?"

"어차피 증거도 없어. 잡아떼. 귀찮게 들어가지 말고 밖에서 했으면 이럴 일도 없었지."

카페 안으로 들어서고 있는 민호의 모습에 정경민은 신음을 삼켰다. 한때는 아이돌이었으나 폭력 사건에 연루되어 방송을 접어야 했던 김석관을 이용한 것이 문제였을까.

정경민은 Once에 김석관과 교대해 들어가 있는 작곡가 후배에게 급히 문자를 날렸다.

[상황 어때?]

[문제없음. 아직 편곡 작업을 시작하지 않아 시간이 걸림. 수신기 음질은 이상 없음.]

당연히 시작 못 했을 것이다. 그것을 해줘야 할 당사자가 지금 눈앞에 있으니까.

[일단 대기하고, 연락하면 몸을 뺄 준비해.]

번개처럼 문자를 작성한 정경민은 계단을 올라오는 민호에게 시선을 던지며 눈을 빛냈다.

윤이설의 앨범에 들어갈 편곡음원을 모조리 입수해 강민호와 KG엔터를 물 먹이려던 계획은, HY뮤직의 음향전문가 심이한의 고집으로 잠시 주춤했다.

Once의 대기실과 무대 아래 몰래 설치해 둔 초소형 송신기. 그것으로 윤이설과 강민호가 작업한 노래를 빼돌리려 했으나 심이한이 난데없이 거부 의사를 표현한 것이다.

저렇게 순수하게 음악하는 두 사람에게 몹쓸 짓을 할 수 없다나 뭐라나.

그래도 오늘 작업할 노래 2곡까지 총 8곡을 프리로 유출해 버리면 강민호는 프로듀서로서 끝장. 놈의 레이블도 심각한 타격을 입게 된다.

'망할 녀석.'

심이한은 꼴에 죄를 저질렀다는 건 알았는지 해고를 당하고 나서도 움직이지 않았다. 그러다 오늘 갑자기 모습을 드러냈다.

정경민으로서는 심이한이 불지 않으리란 확신이 없었기에 빠르게 처리를 해야 했다. 보기 좋게 뒤집어쓸 범죄자로 말이다. 자신이 뒤에서 지시했다는 증거는 없고, 초소형 녹음기에는 심이한의 지문만 가득하니까.

"안녕하세요, 정 프로듀서님."

민호가 다가왔다. 정경민은 호흡을 가다듬으며 고개를 살짝 숙였다.

"여기서 뵐 줄은 몰랐습니다, 강 대표님. 앉으시죠. 커피 한잔 드시겠습니까?"

"괜찮아요."

민호는 의자에 앉으며 바로 옆에 자리한 김석관을 바라보았다.

“이분이 정 프로듀서님께서 요즘 밀고 있으신 신인 분인가 봐요?”

“김석관. 얌마, 인사드려.”

정경민의 재촉에도 김석관은 코웃음을 치며 고개를 돌렸다. “성질이 좀 있으시네” 하고 웃은 민호가 정경민을 보며 물었다.

“식은땀을 흘리시네요. 어디 아프신가요?”

정경민은 안경을 쓰고 있는 민호의 눈이 마치 자신의 속마음을 꿰뚫고 있는 것 같아 스리슬쩍 시선을 회피했다.

“가방 얘기는 뭡니까? 윤이설 씨 물건이 도난이라도 당했나요?”

“아, 이 신인 분은 보셨을 거예요. Once에 좀도둑이 들었거든요.”

“저런.”

영혼 없는 정경민의 탄식에 민호의 표정도 굳어졌다.

“단도직입적으로 물을게요. 정 프로듀서님, 대체 무슨 생각으로 일을 꾸민 거죠?”

정경민이 정색하며 고개를 저었다.

“자꾸 이해할 수 없는 말씀을 하십니다. 저는 이 친구와 만나려고 여기 온 것뿐입니다. 인디 음악인에게 홍대 카페는 안방과 다름없지 않습니까?"

"그래요? 이 신인 분도 인디가수 신가요? 이설이 대기실에 들어가 가방을 들고 나오는 모습이 CCTV에 찍힌 것도 안방이어서 그런 거겠죠?"

이 물음에 정경민은 '증거 없다며?' 하고 김석관을 쏘아 보았다. 김석관이 민호를 직시한 채 으르렁거렸다.

"개소리 마. 거기 화질 무지 구리잖아."

"그쪽이 의상실에 버리고 간 모자. 그거 지문만 확인해 봐도 알 일이니 열 내지 마세요. 그리고……."

민호는 휴대폰의 인터넷 창을 들어 보였다.

"'김석관. 폭력으로 퇴출당한 아이돌' 기사 검색하니 나오더군요. 어휴, 말보다 주먹이 빠르셔. 어라? 스물셋? 저보다 어리신데 말을 그리 짧게 하면…… 되겠니, 짜샤?"

"에이, 샹!"

김석관이 발끈해 일어서려 했다.

민호의 눈빛이 순간 돌변했다. 그리고 김석관의 어깨에 손을 올렸다. 균형을 교묘히 허무는 각도로 내리누른 탓에 김석관은 "어?" 하는 신음과 함께 다시 의자에 쓰러지듯 주저앉았다.

"이 자식이!"

어깨에 올린 손을 치려고 드는 김석관의 팔을 단번에 붙잡은 민호가 말했다.

"가만히 있어. 하모니카 갖고 장난친 거에 대한 화는 지금 무지 참는 중이니까."

민호가 손을 놓자 김석관은 씩씩거리면서도 함부로 움직이지 않았다. 세게 나갔는데도 쫄지 않는 상대는 그만큼 강하다. 고딩 때 싸움 좀 해본 경험이 있기에 김석관은 이것을 본능적으로 알아챘다.

민호는 다시 정경민에게 시선을 돌렸다.

"좋게 말하는 건 여기까지 하겠습니다. 우리끼리 왈가왈부할 게 아니라 경찰서에 가서 얘기하죠. 아, 제 고모님이 강북 지검에서 근무하시는데 그곳에서 가서 의논해도 좋구요. 부장검사시라 이런저런 법에 빠삭하시거든요. 공평하다는 건 보증하죠."

"가, 강 대표님. 아니, 민호 씨."

정색한 민호를 보며 정경민은 똥줄이 탄 표정이 되었다. CCTV 증거와 지문 증거가 명확하다면 빠져나갈 구석이 많지 않다.

"제기랄! 괜히 끼어들어서."

김석관이 벌떡 일어섰다. 폭력 사실이 있는 상태에서 절도까지 언론에 까발려지면 복귀는커녕 영원히 매장당할 수밖에 없었다.

"넌 가만있어, 인마!"

정경민이 화가 나 소리치자 김석관은 코웃음을 치며 테이블을 벗어났다. 정경민이 나가려는 김석관의 옷소매를 붙잡았다.

"어딜 가?"

"이거 안 놔!"

거칠게 팔을 휘두르는 김석관의 주먹이 정경민의 코를 스쳤다. 정경민이 코를 잡고 주저앉았고, 김석관은 난감하다는 얼굴이 됐다.

카페 안의 사람들도 이 소란스러운 광경에 모두 시선을 돌렸다.

민호는 어이없다는 눈이 되었다. 저들끼리 치고받고 싸우는 것을 원한 것이 아니었기에 일단 정경민에게 다가섰다. 그리고 괜찮으냐고 물으려 했다.

그러나.

코피 때문에 선명한 붉은 자국이 가득한 정경민의 손을 보자 동작이 굳어지고 말았다. 단순히 코피가 난 것뿐인데 그것이 끔찍하다는 느낌이 일었다.

왼쪽에 차고 있던 송호진의 애장품, 카드 트릭 도구에서 살짝 따끔한 느낌이 들었다.

'아야, 왜 이래?'

소매를 걷어보았으나 바늘처럼 튀어나온 구석은 없었다.

민호는 자꾸만 호흡이 가빠지며, 정경민에게 다가서려는 것에 대한 거부감이 드는 것에 놀랐다. 이상한 기분에 카페 벽에 붙어 있는 거울을 보았다. 안경을 통해 보이는 자신의 얼굴에는『공포와 혐오』라는 감정이 떠올라 있었다.

'뭘 보고? 정경민?'

민호는 정경민의 손에 시선이 머물렀다.

'설마 피?'

김석관이 옷을 탁탁 털며 말했다.

"야, 정경민. 이제 연락하지 마. 네 도움 따위 없어도 방송 복귀할 거니까. 그깟 거 한번 훔쳐 줬다가 별 더러운 꼴 다 보게 생겼네."

정경민이 코를 부여잡은 채로 외쳤다.

"김석관. 거기서!"

"지랄."

김석관이 카페 밖으로 내빼려 들었다.

"민호 씨. 재부터 잡아요!"

민호는 정경민이 다가서자 움찔 놀라 물러섰다.

"내가 몽땅 다 뒤집어쓸 수는 없……."

그건 한순간에 벌어진 일이었다. 정경민이 김석관을 손짓하며 어서 잡으라고 팔을 움직인 통에 손에 묻은 핏방울이 민호에게 튀었다.

"……!"

민호는 피가 날아들자 그도 모르게 쏜살같이 손을 뻗었다가 뺐다.

"……커윽."

눈보다 빠른 주먹이 정경민의 등에 닿았다가 떨어졌다. 날아들던 핏방울이 각도를 바꿔 바닥에 닿았다.

'이크.'

아무리 반지의 본능이 있다지만, 방금 주먹의 스피드는 차원이 달랐다. 급박한 위기의 순간 몸 안에 있는 모든 근육의 제한이 해제되어 초인적인 힘을 발휘하는 것처럼, 민호 본인조차 주먹의 움직임을 눈으로 따라가지 못했다.

얻어맞은 정경민은 갑작스러운 통증만 느꼈을 뿐, '왜?'는 인지하지 못한 채 뒤로 밀려 의자에 털썩 주저앉았다.

코와 등을 부여잡고 아파하는 정경민에 민호는 고개를 휘저었다. 이제와 '죄송해요'라고 말해 봤자 늦었다. 그러다 그새 카페 입구까지 도착한 김석관에게 시선이 머물렀다.

'막긴 막아야 하는데.'

민호가 이렇게 생각한 순간, 정경민도 김석관을 가리키며 외쳤다.

"저 새끼 잡아!"

정경민의 손끝에 맺혀 있는 코피가 민호를 움찔하게 만들었다. 핏방울이 또 튈지 모른다는 공포감, 김석관을 멈춰 세워야 저 손을 휘두르는 게 끝날 것이라는 사고 과정이 뒤죽박죽 섞였다.

민호는 찰칵하는 소리와 함께 왼손에서 카드를 뽑아 그대로 날렸다.

'하트 Q'의 트럼프가 휘리릭~ 회전하며 카페 안을 날아 김석관의 등에 툭 닿았다. '뭐지?' 하며 고개를 돌린 김석관의 이마에 '다이아 K'가 탁! 부딪혔다.

"앗 따거."

플라스틱의 얇은 카드지만 제법 따끔했기에 김석관이 이마를 문질렀다.

"으잉?"

정경민이 그 광경에 놀라 민호를 돌아보았고, 카페의 손님들도 마술쇼에서나 볼 법한 신기한 기예에 놀란 눈길이 됐다.

민호는 기왕 저지른 일, 시치미 뚝 떼고 김석관에게 말했다.

"거기 서. 카드 이마에 꽂히기 전에."

휘리릭!

'클로버 4'와 '스페이드 4'가 김석관의 양 뺨 옆을 연속으로 스쳤다. 『극도의 불안감』이 어린 낯빛이 된 김석관은 입을 떡

벌린 채 민호를 바라보았다.

민호는 왼손의 카드 교환 장치에 시선이 머물렀다. 혹시나 해 장치를 벗겨 내 탁자 위에 올려두자 피에 대한 끔찍한 느낌은 봄눈 녹듯 사라졌다.

'이거 때문이었어?'

정경민이 모조리 실토하자 찜찜했던 진실이 밝혀졌다.

민호는 정경민이 이설이의 노래를 전부 녹음해 몰래 유출할 생각이었음을 듣고 분노했다. 다행히 일이 틀어져 시도치 못하고 있었으나, 오늘 밝혀내지 못했다면 레이블의 시작부터 상당한 손해를 입을 뻔했다.

이후의 사건 처리는 일사천리로 진행됐다.

정경민과 김석관을 경찰에게 인계하고, 짧게 조서를 쓰고 보니 밤 11시가 훌쩍 넘었다.

음원 유출은 사전에 막았고, 명확하게 드러난 죄는 절도와 관련된 것뿐이기에 정경민과 김석관 모두 벌금 정도에서 끝날 것이라는 경찰의 이야기를 들었다. 그러나 두 사람 다 음악계에서는 영구 퇴출당할 것이다. Once에서 경찰의 호출에 급히 오고 있을 작곡가까지도.

"강민호 씨."

Once로 빨리 돌아가야겠다는 생각에 지구대를 나서는 민호에게 도 순경이 다가왔다.

"그러면 저분 말이 맞는 거죠?"

도 순경은 유치장에 앉아 있는 최초의 용의자, 심이한을 가리켰다. 절도범이 아니라고 한사코 부인하고 난리를 피웠기에 갇혀 있었다.

민호는 잠시 고민했다. 유출을 막은 건 따지고 보면 심이한이 마음을 돌렸기 때문이었다. 오늘도 그것을 말해 주기 위해 왔다가 정경민에게 뒤통수를 맞은 거였고. 정경민의 죄에 대해서만 늘어놓은 터라, 누명을 썼다는 사실을 자세히 밝히지 못했다.

"맞아요. 도둑이 아니에요."

"알겠습니다."

Once는 라이브 공연이 끝난 터라 한산해져 있었다. 민호는 '마술탐험대' 출연진 중에 신국 교수만 바에 앉아 있는 것을 보고 얼른 다가갔다.

"교수님."

"어떻게 됐어요?"

민호는 경찰서에서 있었던 일들을 간략하게 늘어놓았다.

신국은 고개를 끄덕이며 자리에서 일어났다.

“답을 찾았군요. 그나저나 민호 씨의 감이 놀랍네요. 보통은 절대 발견할 수 없는 증거를 찾아 예측 수사를 하다니.”

“교수님이 처음에 짚어 주신걸요.”

머리를 긁적이는 민호에게 신국이 악수를 청해왔다.

“아무튼, 덕분에 술 잘 마시고 갑니다.”

“살펴 가세요.”

“참, 민호 씨. 언제 한번 제 사무실에 들러줄 수 있어요? 저희 학생들이 민호 씨랑 대화하면 느끼는 점이 많을 것 같거든요. 아, 부담은 가지실 필요 없어요. 놀러 오라는 거니까.”

경찰대학은 한 번도 구경해 보지 못했기에 민호는 고개를 끄덕였다. 가서 재밌는 애장품을 발견할 수도 있는 일이고.

“그럴게요, 교수님.”

신국이 나간 직후, 카페 안쪽에서 화통한 중년 사내의 목소리가 날아들었다.

“강민호! 네놈이 불러 놓고 어디 갔다 온 거냐!”

“프로듀서가 시간 개념이 이렇게 없어서야.”

테이블에 둘러앉은 사계절 형님들의 질타에 민호는 90도로 허리를 숙였다.

“죄송합니다.”

“됐고, 이설이 얘기 들어보니 오늘 두 곡이라던데. 편곡은

다 해뒀어?"

"아까 방향은 정해놨어요."

민호는 멋쩍게 웃으며 고개를 끄덕였다.

"왔어?"

무대 쪽에서 악기를 세팅 중이던 이상건이 민호를 보며 손을 흔들어 보였다.

"오랜만이에요, 상건이 형. 근데 저희 뒷방이 아니라 여기서 해요?"

"라이브는 다 끝났으니까. 승찬 씨도 허락했고."

손님이 떠난 자리를 치우는 중인 한승찬이 옅은 미소와 함께 눈을 찡긋해 보였다.

뒷방에서 막 걸어 나온 윤이설이 샌드위치 바구니를 테이블 위에 올렸다.

"짜잔! 선배님들을 위해 만들어 왔어요!"

"오, 그래?"

심대휘가 하나를 손에 쥐었다.

"가만, 너 전에 싸온 주먹밥으로 애들 장염 걸리게 만들었잖아."

윤이설이 급 당황했다.

"그걸 어, 어떻게 아셨어요?"

"혜나 밴드에서 키보드 치는 애가 내 아들이거든. 녀석이 밤새 화장실 들락거려서 그날 내가 잠을 못 잤지."

"아……."

쥐구멍이라도 들어가고 싶어진 윤이설의 옆으로 민호가 섰다. 민호는 샌드위치를 하나 손에 쥐고 말했다.

"그런 일이 있었어요? 이 샌드위치 저녁 삼아 몇 개 먹었는데 아직까지 괜찮아요. 맛도 좋고. 이설이 음식 솜씨 장난 아닌 거 같은데."

"그래? 들은 바로는 몇 주 만에 나아질 수준이 아니었는데."

민호가 샌드위치를 우물거리자 심대휘를 비롯해 사계절 멤버 모두 안심하고 먹기 시작했다.

"나도!"

무대 위에서 내려온 이상건이 샌드위치를 손에 들었다. 윤이설이 싸온 샌드위치는 인기리에 동났다. 민호는 그럼에도 의기소침해 있는 윤이설의 어깨에 손을 올렸다.

"왜? 음식이 상할 수도 있는 거지. 이건 진짜 괜찮아."

"고마워요, 오빠……."

민호의 친절한 위로도 지금 윤이설에게는 부끄러운 상황일 뿐이었다. 상하기는커녕, 신선한 재료로만 만들어 간 주먹밥에 다들 배탈이 났었으니까. 신혜나는 '너무 맛이 없어 위장이 화를 내는 것'이라고 놀려댔었다.

"자, 그럼. 배도 채웠고. 곧 작업 시작하죠."

활기찬 민호의 음성이 이어지고, 스타피스의 연주가 시작됐다.

테이블을 정리 중이던 한승찬은 무대 위에서 진행 중인 윤이설의 신곡 공연을 자신 혼자 지켜보고 있다는 사실에 왠지 미안함이 일었다.

저 정도의 수준급 음악은 더 많은 사람이 보고 즐거워해 줘야 하는데.

"상건이 형. 스트로크 중에 때리는 비트감을 조금만 더 강화해 주세요."

"롸저."

"드럼은 지금 박자 좋아요. 대휘 형님. 여기서는 화음이 좀 더 풍성해져야 할 것 같습니다."

"너 오늘따라 왜 이리 까탈스럽냐."

"부탁드려요."

그 공연을 지휘 중인 강민호는 보면 볼수록 대단했다.

변화무쌍한 기행으로는 홍대가 아니라 국내에서 내로라할 사계절 밴드 네 사람을 손아귀에 쥐고 흔들고 있으니까.

음악 하나에 각양 각층의 사람들이 모여 공감하는 일. 그것이 저 안에서 벌어지는 마법이었다. 매니저 생활 10년째인 한승찬에겐 익숙한 광경이었으나 그래도 매번 새로웠다.

한승찬은 들려오는 멜로디를 따라 콧노래를 흥얼거렸다. 그러다 막 정리를 시작한 테이블 밑에 백팩 하나가 덩그러니 놓여 있는 것을 발견했다.

'손님 건가?'

열어보니 긴 망원렌즈가 달린 카메라와 삼각대, 마이크 같은 장비가 담겨 있었다. 대충 봐도 고가로 보였기에 꼼꼼히 확인하던 한승찬은, 카메라 뒤쪽의 전원 스위치를 눌러 찍혀 있는 동영상을 확인하다 눈이 커졌다.

"민호 씨!"

한승찬의 부름에 고개를 돌린 민호는 은은한 빛이 어려 있는 카메라를 보며 눈이 커졌다.

–안녕하세요, 윤이설입니다. 오늘 들려 드릴 첫 곡은 '우리 삼촌'입니다.

Once의 무대를 배경으로 찍힌 윤이설의 풀 샷 동영상. 세심한 구도로 촬영된 그녀의 모습은 정적인 앵글과 활동적인 인물이 대비되어 무척 안정적으로 보였다. 게다가 풀 샷에서 미디엄, 클로즈업으로 들어가는 촬영 프레임에 화면이 전혀 흔들리지 않았다.

'이런 수준의 직캠 영상은 처음 봐.'

유명 걸그룹들의 초고화질 직캠은 동영상 사이트에서 압

도적인 조회수를 기록할 때가 잦다. 민호는 그 수준을 웃도는 영상이 담겨 있는 카메라를 손에 쥔 채로 감탄 중이었다.

이 애장품의 주인은 좋은 화질의 직캠을, 수준급의 촬영 기술로 촬영할 수 있는 사람이었다.

직캠 전문가.

이런 직업이 있는지는 모르겠지만, 이 주인은 그런 말을 들을 자격이 충분했다.

'가만.'

이 구도와 색감. 낮에 본 직캠 중에 비슷한 것이 있었다. 데뷔도 안 한 이설의 인기에 한몫한 사람이라는 생각에 민호는 황급히 휴대폰을 들었다.

누구 것일지를 고민하며 실제로 동영상 사이트에 올라온 직캠을 둘러보던 와중에, 민호의 시선은 'S.I.H'라는 이니셜이 새겨진 영상에 머물렀다.

'어라? SIH?'

"민호 오빠!"

뒷방에 갔던 윤이설이 편지 하나를 들고 민호에게 달려왔다.

"이것 좀 보세요. 아침에 온 팬레터 중 하난데, 저희 곡이 유출됐다고 조심하라는 말이 적혀 있어요."

심이한은 경찰에게 끌려가 조사를 받느라 놓아두고 갔던 짐을 찾기 위해 Once에 들어섰다.

"이한 씨."

그러다 불쑥 나타난 한 사람 때문에 놀랐다.

상대의 얼굴을 확인한 심이한은 더욱 놀라 움찔해서 물러섰다. 정경민이 그리 싫어했던 레이블의 대표가 친절한 웃음과 함께 서 있었다.

"저, 저는……."

"이거 찾으러 오셨죠?"

민호가 촬영 도구가 담긴 백팩을 들어 보였다.

"죄송합니다."

백팩을 받자마자 꾸벅 고개를 숙이고 도망치듯 나가려는 심이한을 민호가 불러 세웠다.

"이설이 찍은 영상 말인데요."

"당장 지우겠습니다!"

"아니요, 그러실 필요 없어요."

민호는 조심스레 말했다.

"혹시 촬영한 영상들 전부 저희 '스타피스'에 파실 생각 없으세요? 동영상 사이트에 올리신 것 말고, 훨씬 잘 찍은 영상들 말이에요."

"네?"

"그리고 가능하시다면, 제가 심이한 씨를 고용하고 싶은데."

갑작스러운 제안에 심이한은 어안이 벙벙한 표정이 됐다.

"제가 어찌……."

"HY뮤직에 알아보니 음향 쪽 일을 하신다고. 그 전에는 사진 일을 하셨고 동영상 촬영도 전문가 수준이시고. 지금 저희 레이블에 딱 필요한 인재거든요."

싱긋 웃은 민호가 말했다.

"터놓고 얘기할게요. 제가 이설이 타이틀곡 뮤직비디오를 어찌 찍을지 고민 중인데, 이설이를 이만큼 화면에 잘 담아 줄 수 있는 사람은 심이한 씨뿐이라는 생각이에요."

"강 대표님……."

"스타피스는 심이한 씨 능력이 필요해요."

뮤직비디오 문제를 어느 정도 해결하면서 카메라 전문가의 애장품까지 활용해 볼 수 있는, 그야말로 일거양득의 고용. 민호는 겉으로는 웃고 있으나 속으로는 '제발!'을 외치는 중이었다.

만년필 덕분에 계약 조건을 상의하는 것은 일도 아니었다. 그러나 마음을 돌리는 데는 아마도 이 말이 결정적이리라는 생각이 들었다.

"이설이 노래 좋아하시잖아요. 저도 무척 좋아해요. 이런 사람들이 모여 같이 일하면 즐겁지 않을까요?"

심이한이 멈칫했다. 그리고 한창 신곡 연습에 빠져 있는 무대 위의 윤이설에게 시선이 머물렀다.

이윽고.

굳은 결심을 한 눈이 된 심이한이 고개를 끄덕였다.

"해보겠습니다."

Object : 마술사의 카드 교환 장치.

Effect : 마술트릭을 실행하는 손기술에 능숙해진다.

Reverse Effect : 피를 보면 공포심을 느끼는 주인의 감정을 공유한다.

Object : 삼촌팬의 고성능 카메라.

Effect : 마음에 든 스타에 한해서 최고의 구도를 갖춘 영상을 촬영할 수 있다.

28.
햇살의 형태

서촌 소재의 맞춤 양복점 안.

스타일온 채널 '신사의 품격' MC 이정록은 전문가에 의해 막 세팅이 끝난 마네킹을 가리켰다.

"이건 직장인들의 왕래가 잦은 거리로 가보면 흔하게 볼 수 있는 스타일입니다. 이 세팅에 과연 뭘 덧붙여야 후줄근한 아저씨처럼 안 보일까요?"

이 질문에 출연진 셋의 시선이 수트를 걸친 마네킹을 향했다.

"모르겠네요. 제가 아저씨라 그런가? 그냥 옷 색이 밋밋하니, 넥타이 정도가 무난한 것보다 화려하게 반짝이는 것이면 나을 것 같네요."

개그맨 황영식의 말이 끝났다. 옷 잘 입는 래퍼로 알려진 진규는 수트를 보며 고심 중인 민호를 흘끔 보았다. 그리고 재빨리 대답했다.

"맞아요, 칼라. 대한민국 수트의 반은 저 쥐색이죠. 뻔하지 않습니까? 시청자 여러분도 신사복 매장 직원의 감언이설에 속아 공장처럼 찍어 나온 거 사지 마세요. 재단비가 들어도 자기 몸에 맞춰 입는다. 이게 중요해요. 수트는 핏감이 생명이니까."

만족스러운 미소를 지은 진규가 민호를 돌아보았다. 진규의 시선에는 '내가 큰 걸 지적해서 넌 할 애기가 없을걸?'이라는 자신감이 배어 있었다. '더 스마트'에서는 만날 깨져도 안방과도 같은 남성패션 프로에서는 강민호에게 밀릴 이유가 없다.

"민호 씨는요?"

이정록의 물음에 민호가 천천히 입을 열었다.

"두 분의 말씀이 다 일리는 있는데요."

민호는 마네킹의 앞으로 다가가 넥타이를 만지작거렸다.

"제가 봤을 때 감청색은 나쁘지 않아요. 차분하니 기품도 있고."

처음부터 자신 없어 한 황영식은 '허허' 하고 웃었다. 이에 반해 진규는 기다렸다는 듯 딴죽을 걸었다.

"깔맞춤부터 잘해야지 뭔 기품 운운이야. 옷이 칙칙하니 화려한 포인트를 덧붙여야 할 것 아니야."

"반짝인다고 다 금은 아니야."

"뭐래?"

민호는 MC에게 고개를 돌렸다.

"정록 씨. 이거 제가 직접 손 봐도 되나요?"

방송 내내 민호가 보여준 센스가 남다름을 느끼고 있던 이정록은 기대감이 어린 눈길로 고개를 끄덕였다. 민호가 옷을 만지작거리자 진규는 코웃음을 쳤다.

"네가 건드린다고 되겠어?"

문제점을 지적하는 순서 뒤에 대기하고 있는 전문가의 손길이 이어질 것이기에 여기서는 맞는 말만 하는 것이 최고다. 진규는 이 생각에 고개를 저으며 민호의 행동을 지켜보았다.

여러 사람의 시선을 의식한 민호가 미소 지었다.

"직접 보여 드리는 게 나을 것 같아서요. 완전맞춤은 아니더라도 반 맞춤 형식으로 조금만 바꿔 볼게요."

카메라를 보며 설명하는 민호의 손길에서 핀만으로 간이 가봉을 하는 숙련된 기술이 펼쳐졌다.

수트의 어깨선과 마네킹의 어깨선을 일치시키고, 단추를 채웠을 때 배 쪽에 적당한 공간만 자리하는 작은 조정. 바닥에 걸레질이라도 할 것 같았던 긴 바짓단을 착착 접어 안쪽으로 박음질한 듯 밀어 넣자, 엉덩이를 꽉 움켜쥐는 느낌의 날렵한 뒤태로 순식간에 탈바꿈했다.

뚫어지게 보고 있던 진규의 눈이 서서히 커졌다.

"진규야."

"왜?"

"너 손수건 들고 다녀?"

힙합계에 몸을 담고 있지만 정장을 즐겨 입는 진규기에 뒷주머니에 포인트로 꼽고 다니는 손수건은 필수 아이템이었다.

"뭐하게? 이거 실크야."

진규가 자랑스럽게 손수건을 꺼냈다. 민호는 손수건을 훑어보더니 고개를 끄덕였다.

"역시, 무늬가 화려하네. 포켓 스퀘어로 사용하기 좋겠어."

"포켓 뭐?"

"잠깐만 빌려줘."

채가듯 손수건을 빌린 민호는 그것을 사각으로 곱게 접어 재킷 가슴 왼편의 주머니에 넣었다. 전체적으로 심플했던 옷에 날개라도 달린 듯 포인트가 살아났다.

"와."

하고 감탄했던 진규가 입을 막았다. 그리고 지지 않으려는 듯 말했다.

"그래도 타이는 아직 구리다. 색 맞춰야지."

깔맞춤이론을 설파하는 진규에게 민호는 싱긋 웃으며 대답했다.

"옷이라는 게 추위를 막고 몸을 보호하는 기능이 있다면, 타이는 기능적인 측면에선 전혀 의미 없어. 오히려 격식과 예를 다하는 의미가 큰지. 수트를 즐겨 입는 사람들이 이걸 알아야 해."

"나한테 강의 하냐?"

"타이는 가볍게 다뤄져서는 안 될 상징이다 이 얘기지. 딴 따라처럼 밝은 것보다는…… 자, 됐다."

민호가 손을 떼고 물러섰다. 가까이 다가가 수정된 수트를 지켜본 황영식이 대단하다는 듯 엄지를 들었다.

"제가 패션은 잘 모르지만 이건 확실히 멋있어 보이네요."

이정록도 대기 중인 전문가에게 굳이 손대지 않아도 되겠다는 사인을 보내며 말했다.

"민호 씨는 여기 취직해도 되겠어요. 수트에 대해서 모르는 게 없네."

진규는 '으득' 하고 어금니를 물었다. 이쯤 되면 강민호 노이로제라도 생길 지경이다. 또 깨지다니.

"어이, 민호."

"응?"

"너 랩은 안 하냐?"

민호는 웃으며 고개를 흔들었다.

"이 시대의 남자들과 패션에 대해 알아보는 '신사의 품격'. 오늘은 수트의 활용법에 대해 알아봤습니다. 도움이 많이 되셨는지 모르겠네요. 저희는 여기서 인사드립니다. 시청자 여러분, 다음 주에 만나요~"

MC의 클로징 멘트와 함께 카메라의 불이 꺼졌다.

"수고하셨습니다."

"수고하셨어요!"

출연진들이 인사를 나누는 가운데 민호는 주머니에서 줄자를 꺼냈다.

[여기서 맞추면 10년은 젊어 보인다니까.]

[저희 양복은 입은 사람의 있는 그대로를 보여주는 옷이니까요. 손님이 젊어 보이는 겁니다.]

[하하, 양 사장. 말만이라도 고마우이.]

빠르게 스쳐 지나가는 상념은 이 양복점의 장인인 양익준의 애장품에 깃들어 있는 추억의 한 장면이었다.

'요즘 자꾸 이러네.'

민호는 줄자에서 실제로 전해지는 따뜻한 느낌에 잠시 놀랐다. 오늘 처음 본 애장품임에도 자주 사용하던 애장품인 것마냥 과거사가 엿보이는 현상. 2주 전쯤, 주인의 트라우마까지 고스란히 경험했던 마술사 애장품을 사용하던 후부터 벌어진 일이었다.

'활용 수준이 오르려는 징조일까?'

실제로 애장품에서 손을 떼도 능력을 사용할 수 있는 시간이 상당히 늘어났다. 정확히 계산해 보진 않았으나 붙잡고 있던 시간의 반 정도 남아 있는 느낌이었다.

민호는 양복점 한쪽에서 재단 작업 중인 양익준에게 다가섰다.

"감사히 잘 썼어요."

줄자를 조심스레 내밀자 오십 줄의 인자해 보이는 인상의 사내가 돋보기안경을 밑으로 살짝 내리고 민호를 바라보았다. 그 외모가 애장품의 과거사 속에서 목격한 젊은 시절의 모습과 겹쳐 보여 민호는 신기하다는 생각이 일었다.

"민호라고 했지? 자네 솜씨가 좋더군. 직접 가게를 내도 손님이 많이 찾겠어."

"선생님만큼 되려면 아직 멀었어요. 여기 옷은 입으면 10년이나 젊어 보이잖아요."

양익준이 피식 웃었다.

"그 얘기 오랜만에 들어보는군."

"아무튼, 좋은 경험이었습니다. 나중에 양복 맞추러 또 올게요."

"그러게나."

인사를 끝마치고 양복점 앞으로 나왔다. 공 매니저의 밴이 대기 중이었다.

"고생하셨습니다."

올라타자마자 공 매니저가 인사해왔다.

"바로 이런 말씀 드리기는 뭣 하지만, 다음 스케줄 시간이 얼마 안 남았습니다. 화장실은 다녀오셨죠?"

"네, 괜찮아요."

"그럼 출발합니다."

자리에 앉은 민호는 옆 좌석에 있던 가방에서 프린트해 온 서류를 꺼냈다. 반지를 착용하고 중얼거리며 공부하기 시작하는 그를 보며 김 코디가 햄버거와 음료수를 내밀었다.

"민호 형, 이것부터 드시고 하세요. 가서 점심 먹을 시간 없대요."

"땡큐."

민호는 즉시 햄버거의 포장을 벗겨 한입 베어 물었다.

10월 초에 해외 스케줄이 예정된 까닭에 요즘의 일정은 이렇게 무척 빡빡했다. 얼마 전 시청률 8.7%로 순항을 시작한 '메디컬 24시'도 격주 간격으로 촬영이 예정된 터라 출국 전까지 하루에 2개 이상은 기본으로 소화해야 했다.

"근데 무슨 공부 하시는 거예요?"

근래에는 거의 매번 이동 중에 무언가를 들여다본 까닭에 일상적인 일이 되었지만, 그래도 김 코디에게는 신기한 모양이었다.

민호는 음료수 캔을 따서 한 모금 들이켠 뒤 서류를 김 코디의 눈앞에 들이밀었다.

"점자 일람표?"

시각장애인들이 사용하는 언어와 그 예문들이 한가득한 문서에 김 코디는 놀란 표정이 됐다.

"사용할 일이 좀 있어서 말이야."

민호는 가방 속에서 주황색으로 빛나고 있는 유품에 시선이 머물렀다.

유품에 대한 획득 정보만 수천을 부르던 아버지 윤환이 무슨 일인지 32만 원이라는 실제 물건 가격에 넘긴 저 유품은 누군가의 손목시계였다. 저것은 누렇고 전형적인 금장의 흔한 시계도, 부자인 것을 자랑하고 싶은 사람들이 좋아하는 번쩍이는 시계도 아니었다.

시계 위에 손끝을 대면 오톨도톨한 촉감이 그대로 느껴지는 심플한 디자인의 점자시계.

그렇다.

이것은 눈이 보이지 않는 주인이 사용한 물건이었다.

'으휴. 싼 게 비지떡이라고.'

꿈속에서 겪은 지난 3번의 유품 시험과는 달리, 이 점자시계의 시험은 시작부터 어두컴컴한 암흑이었다.

이틀 연속 실패.

뭐 보이는 게 있어야 미션을 하든, 주인이 살아생전 이루지 못한 한을 풀어주든 할 텐데. 팔만 허우적거리다 꿈에서 깨어나 버렸다. 이 때문에 지푸라기라도 잡는 심정으로 점자 공부를 하는 중이었다.

아버지가 괜히 자신에게 팔아넘긴 것이 아니다. 유품의 시험을 한번 겪어보니 아버지도 짜증이 났던 것이다.

'두고 봐. 나는 길들이고 만다.'

유품 부자 아버지에게 라이벌 의식을 불태우며 민호는 오늘만큼은 꼭 성공하리라 다짐했다.

햄버거 섭취가 끝났다.

'좋아!'

이제는 기억 가능 시간이 3분 가까이 되는 반지의 힘을 빌려 민호는 치열하게 공부를 시작했다.

그리고 그날 밤.

민호는 취화정을 한 방울 입에 넣고 열의를 가진 채 잠이 들었다.

*

—일곱 시. 일곱 시.

무미건조한 음성 알람에 사방으로 흩어져 먼지처럼 부유하던 의식이 조금씩 돌아오기 시작했다. 민호는 정신이 든 건지, 꿈속인지, 전혀 구별이 되지 않는 공간 속에서 천천히 상체를 일으켰다.

첫날에는 아무 생각 없이 돌아다니다 자빠져 기절한 뒤 아웃. 둘째 날에는 겨우 문을 찾아내 밖으로 나갔다가 지나가던 행인과 부딪혀 아웃.

자격시험의 단서는 결코 쉽게 주어지지 않으리란 것은 지난 이틀간의 경험으로 충분히 이해했다.

"가 보자."

어둠 속에서 발밑을 더듬어 가며 조금씩 전진했다. 그러다 벽이라고 생각되는 곳에 닿았을 때 굽혔던 몸을 세웠다.

"여기까지는 됐어."

촉각만으로 공간을 느낀다는 것은 극도의 집중력을 요구하는 작업이었다. 민호는 그럼에도 공을 들여 집 안의 도구들을 만지고 느껴 나갔다.

이윽고.

책상 같은 곳에 손이 닿았다.

낮에 내내 숙지했던 점자문서들이 널려 있는 책상 위. 처음에는 뭐가 뭔지 몰랐으나 이내 문서 중 하나에 적절히 손을 올렸다.

"환.자.분.의……."

또박또박 읽어 내려가던 민호는 멈칫했다.

-환자의 시신경 상태가 양호하다는 판단에 각막이식 수술이 가능함을 알려드립니다.

다른 문서들은 대부분이 두꺼운 책자였다. 민호는 이것이 힌트라는 생각에 더 자세히 읽어 내려갔다. 이 문서는 병원 쪽에서 이메일이 온 것을 점자 형태로 출력한 것이었다.

'이 방 주인 혹시, 수술을 앞두고 세상을 떠나 앞을 보지 못한 한 같은 게 있는 걸까?'

그때였다.

따르르릉!

조용한 가운데 전화벨 소리가 들리자 천둥이 치는 듯하여 민호는 움찔 놀라고 말았다.

소리가 들려오는 방향으로 고개를 돌린 민호는 한 발 한 발 움직이다 행여 전화가 끊어질까 엉거주춤 속도를 올렸다.

"……!"

간신히 전화기 근처에 도착했다고 여긴 민호는 비명을 집어삼켰다. 툭 튀어나온 탁자 모서리에 정강이가 부딪히고 말았다.

탁자 위를 더듬어 전화기를 찾은 민호는 고통을 참으며 수화기를 귀에 댔다.

"여, 여보세요?"

–정철민 씨 맞으십니까?

주인의 이름일 것이기에 민호는 고개를 끄덕이며 대답했다.

"그런데요?"

–안녕하세요, AN 병원 장기이식 센터의 윤효상입니다. 수술 날짜도 잡고, 최종 검진도 해볼 겸 병원에 방문해 주셨으면 합니다.

"오늘이요?"

–네. 11시쯤 스케줄을 잡아놓겠습니다.

전화를 내려놓자마자 한숨이 나왔다. 보아하니 병원까지 스스로 찾아 가야 하는 상황.

"저기, 꿈인데 어떻게 빠른 이동 안 될까요? 여기가 어딘지도 몰라요."

물어봤으나 혼잣말일 뿐. 이 유품의 주인이 무척 불친절하다는 사실은 이틀간의 경험으로 알고 있었다.

'하는 수 없지.'

벽을 더듬더듬 현관문을 찾아 움직였다. 현관 신발장에 놓여 있는 4단 지팡이를 챙긴 뒤, 복도를 매만져 빠져나오기까지 그나마 어제보다는 상황이 나았다.

민호는 대문을 지나 길까지 그대로 걸어 나왔다. 그리고 손을 들었다.

"택시!"

이것이야말로 깔끔한 작전. 대한민국의 택시기사를 전적으로 신뢰하는 민호는 속으로 히죽 웃었다.

끼리릭. 끼리릭.

기름칠하지 않은 자전거 페달이 움직이는 소리가 가까워졌다.

"아저씨, 여기 골목인데요? 차 안 다녀요."

쫑긋한 민호의 귓가로 앳된 꼬마의 목소리가 들려왔다. 얼굴이 확 붉어진 민호는 지팡이로 앞을 찍으며 걸어 나갔다.

돌담의 촉감을 이용해 벽을 따라 걷다가 갑자기 쇠문의 차가운 촉감이 느껴져 소스라치게 놀라고, 개를 키우는 집 옆을 지나다 으르렁거리는 소리에 심장이 덜컥 내려앉아 "굿보이!"를 연발하고, 구수한 된장국 냄새가 흘러나오는 창문 옆을 지날 때는 절로 시장기가 동했다.

잠시 후.

민호는 지팡이 끝에 보도블록으로 느껴지는 곳에 도착했다.

"빙고!"

평소 눈으로 대수롭지 않게 보았던 점자블록의 도톨한 면이 느껴지자 약간의 희열감이 일었다. 노랑일 것이 분명한 이 점자블록을 따라가다 보면, 도로도 나오고, 횡단보도도 나오고, 정류장도 나온다.

"휴우."

민호는 이마에 흥건한 땀을 닦았다. 집 앞의 도로에 나오는 것뿐인데 엄청 대단한 일이 된 것마냥 힘들었다. 귀와 손끝, 코끝으로만 세상을 느낀다는 것은 쉬운 일이 아니었다.

차 소리가 들리는 곳까지 나온 민호는 다시 손을 들어 올렸다.

"택시!"

손을 흔들기를 3분여. 엔진음이 멈추며 차 한 대가 앞에 섰다.

민호는 문을 열고 안쪽을 향해 말했다.

"기사님. 저 눈이 안 보입니다. AN 병원 장기이식센터까지 가야 하는데 그 앞에 내려 주실 수 있나요?"

"그럼요. 타세요."

이 대답과 함께 세상이 일그러지듯 무너져 내렸다.

민호는 의식이 저편으로 멀어지는 것을 느끼며 이 주인이 준 미션을 통과했음을 깨달았다.

다음 날.

눈을 뜨자마자 손목의 점자시계를 확인한 민호는 신음을 삼켜야 했다. 주황빛이 그대로인 것이다.

“왜에!”

새벽부터 소리를 지르는 민호 때문에 가람이 벌떡 일어났다.

“뭐, 뭡니까?”

민호는 점자시계가 5시 30분을 가리키고 있는 것을 보고 황급히 손을 저었다.

“아니야, 가람아. 쏘리 쏘리. 더 자.”

“우음, 페이트짱~”

가람은 입맛을 다시며 기상 전 30분의 꿀잠 속에 빠져들었다.

‘왜지?’

민호는 혹시나 하여 AN 병원의 지인, 최임혁 교수에게 문자를 넣었다.

[혹시, 장기이식센터의 각막이식 환자 중에 정철민이란 분이 있는지 알 수 있을까요?]

KG엔터로 출근하기 위해 씻고 돌아온 사이, 최임혁 교수에게서 답장이 왔다.

[대기자 명단에 있었는데, 얼마 전에 응급실에 실려 왔다 사망했어. 교통사고로.]

'얼마 전?'

민호는 점자시계에 시선이 머물렀다.

최근에 사망한 사람이라면 생전에 이루지 못한 일이 현실에도 남아 있을 수 있다는 가능성이 있다. 어쩌면, 시계의 주인은 그것을 원하고 있진 않을까?

오랜만에 붕붕이에 올라탄 민호는 휴대폰을 들고 소식을 기다렸다.

띠링.

기다렸던 최임혁에게서 문자가 와 얼른 확인했다.

[접수과에서 환자 신상명세는 직계가족이 아니면 알려줄 수 없다는군. 중요한 일인가?]

민호는 신음을 삼키고 답장을 보냈다.

[아니요, 괜찮습니다.]

아버지의 친구 분께 불법을 저지르라고 강요할 수는 없는 일. 민호는 곧바로 이 유품을 넘겨주었던 아버지에게 전화를 걸었다.

"아버지!"

–아침부터 왜 호들갑이야.

"점자시계 때문에 그러는데요."

–아, 그거? 길들였어?

"아직이요. 깜깜한 꿈만 3일째 꿨습니다."

휴대폰 너머로 윤환이 웃는 소리가 들려왔다.

–능력은 분명 괜찮을 거다. 그거 주인이 생전에 잘나가던 음식 평론가였거든.

'음식 평론?'

민호는 손목에서 빛을 발하고 있는 점자시계를 보며 물었다.

"고인께서 눈이 안 보이셨던 건 아시죠?"

–그래서 특별했지. 맛을 논하는 감각이 탁월했어.

"아무튼 길들이는 문제 때문에 이분 집에 한번 가봐야 할 것 같아요. 주소 혹시 아세요?"

–장위동에 있는 초등학교 근처에 산다고 들었다만. 그건 왜 물어?

"정철민 이분은 오래전에 못다 한 일보다 최근에 하지 못한 일을 아쉬워하는 것 같아서요. 이런 경우도 있어요? 꿈이 아니라 현실에서 주인의 한을 들어주는 거."

–죽은 지 얼마 되지 않은 사람의 물건이면 종종 그래.

"그랬군요. 알겠어요, 아버지. 그럼 끊을……."

매번 윤환이 먼저 끊었기에 오늘만큼은 선수를 치려던 민호는 아버지의 다음 말에 멈칫해야 했다.

—슬슬 물건의 과거가 잘 보이지 않아?

"어라? 그걸 어떻게 아셨어요?"

—다 방법이 있지. 어쨌든 잘됐네. 오늘 같은 방식에 익숙해져야 앞으로도 최신의 유품을 길들이기 편할 거다.

"익숙?"

달칵.

"후."

윤환은 여느 때와 같이 할 말만 하고 끊어 버렸다. 별거 아닌데 당한 느낌. 민호는 고개를 저으며 시동을 걸었다. 일단은 오전 스케줄부터 끝내고 바로 가봐야겠다.

KG엔터의 사옥에서 가진 오전의 일정은 화보 촬영에 관한 것이었다.

게임 대회 참여 때문에 파리로 향하는 국외 일정에는 스위스의 인터라켄에서 있을 'TRUE FASHION'의 겨울 분기 화보 촬영도 예정되어 있었다.

"이번 T브랜드 라인업이 니트 위주가 될 것이란 얘기를 들었습니다. 메이크업 담당자에게 부드러운 헤어스타일 견본을……."

패션담당 실장 윤태백은 다른 곳에 정신이 팔려 있는 것 같은 민호를 돌아보며 잠시 말을 멈췄다.

"민호 씨."

손목에 찬 시계를 지긋이 쳐다보고 있던 민호가 부름에 고개를 들었다.

"네?"

'집중 안 하세요?'라는 눈길의 윤 실장에게 민호는 담담한 목소리로 말했다.

"아란 니트 스타일인 거죠? 제가 봤을 때, 미란다 송 디자이너님은 니트 특유의 무난하고 포근함만을 강조하실 것 같진 않아요. 헤어스타일도 부드러운 것에 덧붙여 우아함이나 고상한 연출이 될 수 있는 스타일을 알아보는 게 어떨까요?"

민호는 반지를 만지작거리며 미소 지었다.

회의 내용을 전부 기억하고 있는데다 소신 있는 의견까지 덧붙이자 윤 실장은 머쓱한 표정이 됐다. 석 달 전의 회의 때와는 사뭇 다른 존재감. 공 매니저는 '그러면 그렇지, 어디 우리 민호 씨를' 하는 얼굴로 마냥 싱글거렸다.

오전의 일정이 끝난 후 점심시간이 왔다.

공용 회의실을 빠져나온 민호는 시간부터 확인했다. 현재 시각은 12시. 촬영 예정 시각은 오후 7시였기에 정철민의 집에 다녀올 여유는 충분했다.

민호는 엘리베이터에 오르며 공 매니저에게 말했다.

"촬영 전까지 텀이 좀 있으니, 세트장에는 제가 직접 갈게요. 들를 곳이 있어서요."

"그래서 차 끌고 오셨군요. 알겠습니다. 그럼 전 김 코디랑 따로 가있죠."

30분 후.

장위 초등학교 근처에 차를 멈춘 민호는 먼저 주위를 훑어보았다. 간밤의 꿈에서 그렇게 헤매고 다니던 곳이었으나 눈으로 보니 생경함만 가득했다.

'어떻게 찾지?'

민호는 가운데 노란 줄이 그어진 보도블록을 살피다 괜찮은 생각이 떠올라 차를 한쪽에 주차했다.

"이쯤이었나?"

손을 흔들어 택시를 잡을 수 있는 코너 부근. 민호는 그 자리에 서서 눈을 감았다. 꿈에선 돌담이 늘어선 골목 어귀에서 쭉 돌아 나와 이곳까지 도착했었다.

역으로 감을 쫓아 걸어 나가다 담벼락 너머 개 한 마리를 발견했다.

'너였냐?'

얼굴에 심통이 가득한 표정의 불도그. 불룩한 배를 자랑하는 개는 뒤뚱거리며 마당을 뛰어와 민호에게 으르렁거렸다.

"구, 굿 보이! 집 잘 지켜라."

낯선 사람이 가까이 오면 짖어댄다는 건 집 개의 본분을 다하고 있다는 얘기. 민호는 착하다고 손을 흔들어 주며 물러섰다. 절대 무서워서 황급히 이동하는 것은 아니라고 속으로 되뇌었다.

끼리릭. 끼리릭.

골목 끝에 접어들자 나타난 삼거리에는 세발자전거를 타고 열심히 운전 중인 꼬마 아이가 있었다. 나이는 5살 정도 됐을까? 앙증맞은 손으로 핸들을 꺾던 꼬마가 민호와 눈이 마주쳤다.

"안녕."

꿈이었지만 인연도 있고 해서 손을 흔드는 민호에게 꼬마는 '누구야?' 하는 무심한 눈빛을 던졌다.

물끄러미 바라보다 고개를 돌려 버리는 꼬마를 보며 민호는 쓴웃음을 지었다. 요즘 나름 인기 얻고 있는 방송인이라고 설명해 봤자 못 알아듣겠지.

짧은 우여곡절 끝에 민호는 정철민의 집으로 보이는 문 앞에 섰다. 다세대 주택 바로 옆에 별관 형식으로 지어진 건물. 꿈에서는 분명히 저곳에서 나왔었다.

딩동.

벨을 누르고 기다렸으나 나오는 이는 없었다.

'아무도 없어?'

꿈속에서도 함께 사는 이가 없었으니 집에 아무도 없을 가능성이 컸다. 그러나 민호에겐 이 이상의 단서가 없었다.

"어찌해야 하는 거죠? 이렇게 불친절하면 도와드리고 싶어도 그럴 수가 없어요."

손목에 차고 있는 시계를 보며 대화를 하는 민호의 옆으로 세발자전거 라이딩에 열중하고 있던 꼬마가 '끼리릭' 하는 소음과 함께 다가왔다.

"적어도 어디 가서 뭘 해달라는 말은 있어야 제가 감을 잡고……."

민호는 꼬마의 접근에 고개를 돌렸다. '이 아저씨 미친 거 아니다'라는 뜻으로 방긋 웃어 보이는 그에게 꼬마가 말했다.

"거기 지팡이 아저씨 이제 안 살아요. 엄마가 하늘나라 갔대요."

꼬마가 위를 가리켜 보였다. 의도한 것은 아니지만, 민호도 하늘로 시선이 움직였다. 가을의 하늘은 티 한 점 없이 파랬고 한낮의 햇살 또한 눈부셨다.

민호에겐 아주 익숙한 광경. 그러나 이 시계의 주인은 한평생 보지 못했을 광경이었다.

'어라?'

갑자기 눈이 시큰거려옴을 느낀 민호는 소매로 눈가를 훔쳤다.

'빛이 너무 밝아서 그런가. 눈물이 다 나네.'

그 순간, 손목의 시계에서 따스한 감각이 느껴졌다.

-이 수술 잘되면 고백해 보려고.

-넌 어떻게 얼굴도 제대로 못 본 여자한테 반하냐.

-목소리만 들어도 알아. 마음 씀씀이가 예쁘니까 얼굴도 미인일 거야. 말 걸 때 어색하지 않게 비장의 개그도 준비했어.

-개그?

-나무를 주우면!

-주우면 줍는 거지 그게 뭐야?

-우드득.

-정철민. 아 좀! 우리 나이가 얼만데. 그건 제발 하지 마라.

-Wood 득…….

-설명도 하지 마. 추하다.

환청이 들린 순간, 민호는 손목에서부터 따스한 기운이 전신으로 퍼지는 것을 느꼈다. 그리고 몸이 저절로 움직였다. 대문 아래 손을 넣어 숨겨져 있는 키를 꺼내 잠금장치를 풀고, 안으로 들어선 뒤 그대로 현관까지 직행했다.

'정철민 씨?'

꿈속에서 정철민이 되어 움직였던 것과는 정반대의 상황에 민호는 당혹감을 느끼면서도 억지로 방해하진 않았다. 문득 이것이 윤환이 말했던 익숙해져야 하는 과정일 것이란 생각이 들었다.

철컥.

현관의 비밀번호를 누르고 문을 열자, 민호가 3일 내내 촉각으로만 탐지해야 했던 풍경이 고스란히 펼쳐졌다.

부엌, 서가, 침대, 책상. 그리고 정강이에 큰 고통을 안겨다 주었던 탁자까지.

소박하지만 사람 냄새 가득한 살림살이였다. 누군가 정리했는지 가재도구 대부분이 박스 안에 들어가 있었으나 책상 한쪽에 놓여 있는 점자 문서는 그대로였다.

'뭘 하려는 거지?'

민호는 저절로 책상으로 다가서 손끝으로 문서를 읽기 시작했다.

-정화 씨에게. 이런 말, 이런 이야기 갑작스러우시겠지만 저는 정화 씨를 처음 만난 날부터 호감을……

-평소 제가 정화 씨 목소리에 귀 기울이며 지낸 거 모르셨죠? 하하. 친구 녀석에게 듣기로는 제 얼굴이 그렇게 못생기지는 않았다고…….

고민고민해서 썼으나 부치지 못했던 러브레터들.

민호는 책상에 앉아 필기도구를 찾아 점자를 활자로 옮기는 작업을 시작했다. 수박 겉핥기식으로 공부했던 점자는 친숙한 문자가 되어 머릿속에 고스란히 연상됐다.

"아하, 이걸 전해주면 된다는 거죠?"

허공에 대고 한 물음이었으나 대답은 없었다. 한 가지 의문점은, 편지 전반에 걸쳐 정철민이 펼치고 있는 개그였다.

본인은 재밌어 하는 것 같으나 듣고 있으면 '으음' 하고 생각에 잠기게 하는 썰렁한 농담. 이를테면, '바나나가 웃는 걸 뭐라고 할까요?', '바나나킥킥킥' 같은 것이었다.

이런 말장난에 피식이라도 한다는 것 자체가 자존심이 상하는 그런 류의 개그.

"이건 빼는 게……. '자가용' 반대말이 '커용'인 거는 너무하잖아요."

중얼거렸으나 편지에는 고스란히 옮겨 적었다.

민호는 이때에 살짝 불안감이 느껴졌다. 유품의 능력을 얻는 것은 좋으나 요원의 반지처럼 주인의 평소 감각을 닮기라도 한다면…….

"에이, 설마. 아니겠지."

장위동의 언덕길에 있는 수제 빵집 '달콤한 진실'.

주인 김정화는 창가 쪽 햇볕이 잘 드는 테이블이 비어 있는 것을 보며 나직이 한숨을 내쉬었다.

벌써 보름째 그 남자가 오지 않고 있었다.

매일 아침, 저 자리에 앉아 조용히 토스트와 커피를 즐기던 그, 정철민. 눈이 보이지 않아도 자신에게 관심이 있다는 것쯤은 알았다. 그러나 깊게 말을 붙여보진 못했다.

언제쯤 제대로 말을 걸어 줄까 두근거리며 기다리기만 했던 것이 문제였을까? 자신도 이제 서른 중반. 풋풋한 사랑 같은 걸 새롭게 시작해 보기엔 늦었다는 생각에 너무 무심하게 지냈는지도 모른다.

딸랑.

손님의 방문을 뜻하는 입구의 종소리가 울렸다. 김정화는 기대감이 어린 시선으로 고개를 돌렸다가 이내 실망했다. 들어온 사내는 스물 초중반의 젊은 청년이었다.

"토스트랑 커피 부탁해요."

청년은 정철민이 자주 앉았던 테이블로 다가가더니 조심스레 앉았다.

버터를 발라 오븐에 살짝 구워 내어놓는 토스트는 고소한 향기가 일품인 이 빵집의 간판 메뉴였다. 김정화는 갓 우려낸 커피와 토스트가 담긴 쟁반을 청년의 앞에 내려놓았다.

"맛있게 드세요."

"저……."

돌아서는 그녀를 향해 청년이 조용히 물어왔다.

"김정화 씨 맞으시죠?"

"절 어떻게 아세요?"

"목소리가 익숙…… 아니, 제가 잘 아는 형님이 이 가게에 자주 오셨거든요. 혹시, 정철민이라고 기억하세요?"

김정화의 얼굴에 화색이 돌았다. 그녀는 청년의 왼쪽 손목에 정철민이 차고 다니던 것과 비슷한 시계가 있는 것을 보고 말했다.

"알죠, 철민 씨. 저희 가게 단골이세요. 이 빵집을 블로그에도 올려 주셨는걸요."

청년은 김정화의 얼굴을 천천히, 그리고 꼼꼼히 살펴보며 말했다.

"철민이 형 예상대로 미인이시네요."

"어머, 철민 씨가 그랬어요?"

"네. 그리고 이거."

청년이 품속에서 두툼해 보이는 편지봉투를 꺼내 들었다.

"이걸 꼭 좀 전해달라고 하셨어요."

김정화는 편지를 손에 쥐고 무언가 석연치 않은 기분이 들었다. 보름간이나 소식이 없던 이에게서 온 편지라하기엔 그양이 무척 많았다. 그리고 그녀의 이 기분은 청년이 연이어 건넨 말로 인해 확신으로 돌아섰다.

"철민이 형……. 얼마 전에 무척 먼 곳으로 떠나셨어요."

불의의 교통사고. 가슴이 먹먹해지는 말들이 이어졌다.

김정화는 뒤편의 의자에 털썩 주저앉았다. 좀 더, 조금만 더 용기를 냈더라면. 그러면 이렇게 허탈한 마음은 들지 않을 텐데.

"이별은 두려운 게 아니래요."

청년의 말에 김정화는 "네?" 하고 시선을 돌렸다.

"철민이 형이 평소에 하던 말이에요. 이'별'은 두려운 게 아니라고. 지구잖아요."

청년은 고개를 푹 숙이며 "역시, 이런 거 안 먹힌다니까요"라고 작게 중얼거렸다.

멍하니 생각에 잠겨 있던 김정화는 일 년 전, 오랫동안 사귀었던 남자와 헤어지고 훌쩍이고 있을 때 정철민이 던진 똑같은 농담을 떠올렸다. 그녀도 모르게 입가에 미소가 어렸다.

"철민이 형은 저 별 어딘가에서 저희를 지켜보고 있을 거예요."

"고마워요, 이 편지."

"뭘요, 철민이 형 잊지 않아 주셔서 제가 더 고맙죠. 이 토스트 진짜 맛있네요."

딸랑.

민호는 홀가분한 마음으로 빵집을 나와 하늘을 바라보았다. 해가 저물어가고 있었다.

"노을도 처음 보시죠?"

손목에 시선이 머문 민호는 말을 멈추었다. 점자시계에 어려 있던 주황빛은 어느새 사라지고 없었다. 몸을 저절로 움직이게 하였던 따스한 기운도 더는 느껴지지 않았다.

'가셨구나.'

장장 5시간 동안 열심히 옮겨 적었던 편지를 배달한 것으로 유품의 시험이 마무리된 모양이었다.

"감사히 잘 쓰겠습니다."

본래의 주인이었던 정철민에게 고개를 숙여 인사한 민호는 떨리는 마음으로 시계를 살폈다.

과연 어떤 능력이 있을까?

음식 평론가라고 했기에 미각이 특출하게 발달하리라는 예상 정도는 했다.

'어떻게 사용하는 거지? 착용하면 되는 것이 아니라 발동형인가?'

그렇게 시계를 만지작거리다 점자가 새겨진 윗면에 손을 댔다. 오후 6시쯤이라는 것이 손끝을 통해 전해졌다.

'어라? 이게 무슨 냄새지?'

민호는 코를 킁킁하며 고개를 돌렸다.

빵집 안에서 방금 먹고 나왔던 토스트에 발라진 버터의 향, 진열되어 있던 크로켓의 기름진 향, 화덕에서 갓 구워낸 바게트의 소박하고 담백한 밀가루 향이 바깥인데도 풀풀 풍겨 왔다.

'헐.'

보글보글.

귓가를 간지럽게 하는 커피포트의 물 끓는 소리가 바로 옆에서 들리는 것인 양 고스란히 전해졌다. 입안에 조금 남아 있던 원두커피의 맛은 쌉쌀하지만 진한 중량감이 느껴지는 고급스러운 맛이었다.

그제야 민호는 이 모든 상황이 손목에 차고 있던 시계로부터 시작된 것임을 알았다.

눈으로 보는 것을 제외한 오감 전부가 선명해지는 현상. 마치 평생 2D 영화만 보다 실감 나는 특수효과가 어우러진 3D 입체영화를 만난 것처럼 감탄이 절로 나왔다.

그리고 이 감탄은 3분 동안이나 이어졌다.

"고생한 보람이 있어."

민호는 만족스러운 표정으로 시계를 쓰다듬었다. 그러다 현재 시각이 6시라는 것을 확인했다.

"맞다, 이러고 있을 때가 아니지."

저녁부터 있을 드라마 카메오 출현 스케줄. 무려 서은하와 키스신이 예정된 촬영이었다. 대본은 이미 일주일 전에 입이 닳도록 완벽 마스터해 두었다.

붕붕이가 주차된 도로 옆 공간으로 한달음에 뛰어 내려온 민호는 차에 올라타 시동을 걸었다.

"출바알~"

도로로 차를 몰며 라디오를 켰다.

-드라이버 교육 시뮬레이터를 시작합니다.

"붕붕아아! 최고 속도로 질주! 은하 씨가 기둘린다!"

-드라이버가 경찰의 추격을 따돌릴 만한 실력이 되지 않음으로 질주하다 강제로 멈출 위험이 높습니다. 그래도 최고 속도로 달립니까?

"기분 좋아 그냥 해본 말이야. 적당히 빠르게 갈 수 있게 안내만 해주라."

-음주 직후라면…….

"안 먹었어!"

민호는 '사계절의 행운'이란 글귀가 적힌 A4용지가 붙어 있는 촬영 세트장 앞에 도착해 주위를 둘러보았다.

천장에는 숫자를 헤아리기도 어려운 조명이 줄지어 달렸고, 나무 판에 불과한 벽면을 돌아 들어가면 드라마 세상 속 한가운데 서 있는 것만 같은 느낌이 드는 거대한 공간.

예능만 주로 해온 민호로서는 처음 보는 구경거리가 가득했다.

'이쪽은 시골인데, 판자 하나만 건너가면 무슨 해외 도시야.'

세트장 사이를 누비며 걸어가던 민호는 촬영 모니터링용 스크린에서 지난주에 방영된 드라마의 첫 화가 흘러나오는 것을 발견했다.

민호는 화면 속에 있는 서은하에게 시선이 머물렀다.

여주인공으로 분한 서은하가 라커룸에 앉아 독백을 시작했다.

『테니스.

길이 23.77미터, 너비 10.97미터의 공간 속에서 라켓과 공 하나를 들고 경기하는 스포츠. 전력으로 공을 때리고, 달리며, 반격하면서도 경쟁보다 예의를 갖추는 품격 있는 운동이다.』

"정은채 선수. 준비되셨습니까?"

『테니스에 왜 이렇게 빠져들었는지를 고민해 보니 처음에는 그저 공을 펑펑 치는 게 재미있었던 것 같다. 그리고……
그들과의 만남도 빼놓을 수 없겠지.』

서은하가 테니스 가방을 어깨에 걸었다. 문을 나서니 안내인이 말을 걸어왔다.

"오늘 컨디션은 어때요?"

"최고예요."

서은하는 활짝 웃으며 대답했다. 그리고 사람들의 환호 소리가 가득한 경기장으로 향했다.

《사계절의 행운, 1화. '봄과 인연'》

타이틀 로고가 떠오르며 오프닝이 시작됐다.

'오오!'

민호는 화면에서 시선을 떼지 못했다.

몸에 꽉 달라붙는 테니스 원피스를 입고 있는 서은하는 눈을 떼기 어려울 정도의 광채를 발산 중이었다. 실물이 더 예쁘다거나 화면이 더 예쁘다거나 하는 문제를 따질 이유가 없었다. 풀잎만 먹고살 것 같은, 언제 어느 각도에서 봐도 아름다운 걸 뭐라고 말해야 할까.

"강민호 씨!"

누군가의 부름에 고개를 돌렸다. 민호를 반기며 다가온 상대는 드라마 카메오 출연을 요청했던 작가 홍은숙이었다.

"잘 지내셨어요? 홍 작가님."

"그러엄~ 민호 씨. 잠깐만 이리 와봐."

홍은숙은 민호의 팔을 붙잡고 세트장 뒷 공간으로 들어갔다.

"나 며칠 전에 깜짝 놀랐잖아."

"네?"

"'메디컬 24시' 말이야. 민호 씨가 병원 인턴보다 말도 더 잘하고, 진짜 의사 같았어."

"아, 그거요."

실력 출중한 의사들의 지식을 이용한 부분이 많았으니 당연한 결과였기에 민호는 말없이 미소만 지었다. 애장품으로 발휘된 능력에 대해 딱히 변명할 거리가 없을 때는 침묵하면서 간을 보는 것이 좋다.

"차기작으로 의사 이야기를 쓸 생각이었거든. 나랑 드라마 하자."

"홍 작가님. 저 연기는 서툴러요."

홍 작가는 입을 가리며 "호호" 웃더니 민호의 어깨를 툭 쳤다.

"사람이 너무 겸손해도 못써. 광고에서는 뭐였는데? 내가 그 연기 보고 민호 씨 카메오 대본 쓴 거잖아."

말도 안 되는 소리 말라는 눈빛에 민호는 신음을 삼켰다.

상대는 회당 4천을 받는 스타작가였다. 잘 보여 두어서 나쁠 건 없으리라.

민호는 어차피 의사 흉내라면 최임혁의 애장품을 빌리면 된다는 생각에 대답했다.

“다음 작품 준비하실 때 이야기해요, 그럼.”

“좋아. 약속한 거다!”

대화가 끝나고, 민호는 떠나려는 홍 작가에게 물었다.

“혹시 은하 씨 어디 있는지 아세요?”

“반대쪽 세트장에 있을 거야. B동이라고 쓰여 있는 곳. 연예 취재 프로 인터뷰 중이거든.”

“첫 방송부터 시청률 돌풍을 일으키고 있는 드라마 ‘사계절의 행운’! 오늘은 그 여주인공 서은하 씨를 모시고 인터뷰를 진행하겠습니다. 안녕하세요!”

“안녕하세요.”

촬영 세트장을 배경으로 시작된 인터뷰. 리포터 윤영구의 인사에 서은하는 미소를 지으며 고개를 숙였다.

“우선 이것부터 물어보지 않을 수 없는데요. 장안의 화제 서은하의 테니스 실력! 듣자하니 남다른 실력을 갖춘 비결에는 아버님 영향이 컸다던데요?”

“맞아요. 아버지께서 운동을 무척 좋아하셔서 어릴 때부터 저도 따라서 이것저것 많이 해봤어요. 주로 유도를 많이 했고요. 저 유단자랍니다."

서은하가 카메라를 향해 V 자를 그려 보였다.

"와우! 실력을 한 번 볼 수 있을까요?"

"여기서요?"

"안 될 거 있나요!"

윤영구는 과장되게 고개를 끄덕이며 유도의 손기술 같은 동작을 해보였다. 여배우 대부분은 이런 요청에 적당히 둘러대거나 나중으로 넘기기에 당연히 서은하도 그러리라 생각하고 한 요란스러운 리액션이었다.

"음."

서은하는 리포터를 흘끔 보더니 휙 하고 접근해 왼손으로 그의 옷소매를 붙잡았다. 오른손으로 목 부위의 옷깃을 잡아 그대로 메치려는 동작을 선보였다.

"어어, 서은하 씨!"

윤영구의 눈이 휘둥그레졌다. 그러나 거기서 딱 멈춘 서은하가 말했다.

"됐죠? 바닥이 딱딱해서 넘겨 버리면 허리 나가세요."

"허, 허리요? 아하하……."

대상이 되어 넘어갈 뻔한 윤영구는 가슴을 쓸어내렸고, 앞쪽에서 지켜보던 스태프들은 박장대소했다.

화기애애한 분위기에서 인터뷰가 진행되는 가운데, 서은하는 메인 카메라 옆쪽에 민호가 나타난 것을 확인하고 눈인사를 건넸다. 민호는 짧게 손을 흔들어 화답했다.

"……파리 로케도 예정되어 있고. 앞으로도 풍성한 이야기가 이어지니 많은 기대 부탁해요."

"끝으로 민감한 질문 하나 드려도 될까요?"

"민감한 질문이요?"

윤영구는 눈을 빛내며 물었다.

"남자친구 있으십니까?"

"남자인 '친구'는 많죠."

"이를테면?"

"윤영구 씨요."

서은하가 웃으며 마주 보자 윤영구는 감동했다는 듯 가슴에 손을 올리고 고개를 숙여 보였다.

"시청자 여러분. 지금까지 드라마 '사계절의 행운'의 서은하 씨와 함께했습니다!"

서은하가 카메라를 향해 손을 흔들어 보이는 것으로 인터뷰 촬영이 종료됐다. 핀 마이크를 스태프에게 넘긴 서은하가 민호에게 다가섰다.

"민호 씨. 어서 와요."

"세트장이 생각보다 크고 정신없네요."

"처음 와봤어요?"

"네."

장비를 챙겨 서은하의 옆을 지나치던 윤영구가 물었다.

"이분도 친구분이십니까?"

서은하는 활짝 웃으며 말했다.

"이쪽은 정말 친한 친구요, 후후."

막상 서은하를 만나 배우 대기실에 함께 앉아 있게 된 민호는 은근히 어색한 기류가 흐르는 것을 느꼈다. 오늘 촬영하는 장면이 장면이니만큼 터놓고 얘기하기도 쑥스러웠다.

'입술을 이렇게 대볼까요, 저렇게 대볼까요 의논할 수도 없고.'

먼저 정숙을 깬 것은 서은하였다.

"대본은 보셨죠? 신들이 다 재밌어 보이더라고요. 홍 작가님이 힘 많이 실어 주셨어요."

그녀의 말에 민호는 멈칫했다. 이 이야기 이후 흘러나올 오늘의 마지막 신에 대한 대화가 마음에 걸린 까닭이었다.

"그게……."

"민호 씨 대사 중에 프랑스어 있잖아요. 친구가 프랑스어과라 물어봤거든요. 발음할 때 묵음에 주의해야 한데요. 제가 몇 개 녹음해 온 거 있는데 들려 드릴까요?"

『우리 은하 진짜 예쁘네.』

민호의 입에서 유창한 프랑스어가 흘러나왔다. 서은하는 눈이 동그래졌다.

"오, 민호 씨 발음 되게 좋아요."

"여러 번 연습했거든요. 하하."

머리를 긁적이는 민호. 감미로운 말투로 뭇 여성들의 마음을 녹이기 좋은 프랑스어는 요원의 반지로 어렵지 않게 발음할 수 있었다. 비록 해석은 부자연스럽지만, 발음만큼은 현지인 수준이었다.

민호는 서은하에게 궁금했던 것을 물었다.

"첫 만남 장면이 파리의 시장이잖아요. 그걸 여기서 촬영할 수 있어요?"

"못 보셨구나. 프랑스 세트장도 지어져 있어요. 제작비 절감 차원에서 해외 장면도 최대한 이곳에서 촬영하고 로케를 가기로 했거든요. 맞다. 민호 씨, 이번 T브랜드 화보 촬영 스위스에서 한다는 말은 들었죠?"

오늘 콘셉트 회의까지 했기에 민호는 고개를 끄덕이며 그 결과도 들려주었다.

서은하는 무척 기대된다는 표정이 됐다.

"그거 알아요? 스위스 인터라켄은 만년설을 볼 수 있는 마을이래요."

"그래요?"

"가서 하루 정도는 관광해 보고 싶은데 시간이 날지 모르겠어요."

키스신에 대한 어색함은 어느새 저 멀리 날아가고, 메이크업 담당자가 들어올 때까지 대기실 안은 이야기가 끊이지 않았다.

《사계절의 행운 7화 3-1, '첫사랑 회상 1'》

민호는 카메라와 스태프들이 둘러서 있는 세트장 바깥을 바라보며 심호흡했다. 시나리오 설정상 자신은 지금 어릴 적 해외 입양되어 프랑스에서 쭉 살아온 자유분방한 청년이다.

직업은 요리사 보조로, 레스토랑 셰프가 되길 꿈꾸고 있었다. 문제는 약간의 바람둥이 끼가 있다는 것.

'그 노트북 광고, 어쩌면 흑역사가 될지도.'

"자, 민호 씨. 긴장하지 말고 리허설대로만 가줘요. 장면이 기니까 대사는 적당히 바꿔도 넘어갈게요."

연출자 권우철 PD의 말에 민호는 고개를 끄덕였다. 민호의 앞쪽에는 프랑스의 '생투앙 벼룩시장'을 작게 구성한 세트장이 자리해 있었고, 외국인 엑스트라만 30여 명이 시장에서 물건을 구경하는 행동을 하고 있었다.

"3-1신 스탠바이!"

권 PD의 호령에 출연자와 스태프 모두가 각자의 자리에 섰다.

"레디~ 액션!"

신호와 함께 촬영이 시작됐다.

민호는 바람둥이 필을 내기 위해 반지를 착용하며 '한 번에 푹 빠져서 끝내자!'라고 다짐했다. 이번 신에서 NG를 마구 내면, 정작 키스신을 찍을 시간이 부족해진다.

'기왕 NG를 낼 거면 키스신에서…….'

라고 생각하다 고개를 좌우로 흔들었다. 이러다 서은하에게 남자의 엉큼함을 노출하면 낭패다. 이건 연기니까. 오늘만큼은 프로페셔널하게!

시장 입구로 포니테일 머리를 한 서은하가 걸어 나왔다. 그녀는 지금 프랑스 오픈 주니어 대회 참여차, 파리를 처음 방문한 풋풋한 소녀였다.

세트장 반대편인 터라 대사가 들리지 않았기에 민호는 손목의 시계를 살짝 터치했다.

"우와! 박물관 같아."

서은하의 목소리가 선명하게 들려왔다. 더불어 시장 세트 사이사이에서 떠드는 척하는 외국인 엑스트라들의 잡담까지 함께 들려왔다.

『이 드라마 장르가 뭐래? 스포츠?』

『한국 드라마는 다 똑같아. 경찰이 나와도 연애. 검사가 나와도 연애.』

비교적 쉬운 단어의 영어였기에 민호는 알아듣고 피식 웃었다. 그리고 곧 드라마 속 한 장면이라 스스로 다짐하며 깊게 몰입해 들어갔다.

순진해 보이는 소녀를 연기하는 서은하는 시장의 가판대에 늘어서 있는 중고품들을 구경하며 걸음을 옮겼다. 그러다 한 곳에 멈춰 섰다.

서은하가 손에 쥔 것은 '세심하게 관리한 흔적이 엿보이는 오래된 브로치'라고 시나리오에 적혀 있는 어떤 것이었다.

"봉쥬르, 마드모아젤."

밝은 갈색 머리의 중년 상인이 가판대의 물건을 가리키며 친근한 미소를 지어 보였다. 반짝이는 보석이 박힌 브로치는 '나이 어린 초보 여행객을 홀리기에 충분함'을 뽐냈다.

서은하의 시선이 브로치의 매력에 빠져 반짝이는 것을 상인은 놓치지 않았다.

『아가씨에게 딱 어울려 보이는 게 있어요.』

상인은 갖가지 브로치를 꺼내 보이며 구매를 유도했다. 홀린 듯 구매할 뻔했던 서은하는 적극적인 호객 행위에 퍼뜩 정신을 차린 연기를 했다.

“내가 동대문에서 옷을 산 게 얼만데.”

서은하는 고개를 들고 짐짓 관심 없는 척 눈을 돌렸다. 그리고 어수룩하지만 가장 자신 있는 프랑스어를 내뱉었다.

『비싸요.』

자리를 떠나려는 동작을 취했다. 서은하가 호락호락하지 않은 여행객임을 직감한 상인이 급히 그녀를 붙잡았다. 그는 가판대의 보석 하나를 눈썰미 있게 들어 보였다.

『이건 어때요? 사계절의 행운이 깃든 보석인데 비싸지 않아요.』

은빛 줄에 달린 물방울 모양의 돌이 눈앞에서 흔들거렸다. 그 순간 서은하 눈동자가 그녀도 모르게 무색투명한 보석을 따라 왼쪽, 오른쪽으로 왔다 갔다 했다.

『얼마죠?』

상인이 손가락 네 개를 들어 보였다. 서은하는 곰곰이 생각하더니 손가락 한 개를 들어 보였다. 상인이 고개를 흔들며 하나를 접었다. 탐탁지 않은 눈치를 보이는 그녀의 반응에 다시 손가락 하나를 접고는 단호히 고개를 저었다.

『좋아요, 2유로.』

상인은 서은하가 꺼낸 지폐를 보고 갑자기 껄껄 웃었다.

그리고 계산기를 꺼내 숫자를 찍어 주었다.

『20유로라고요?』

서은하는 보석의 가격이 만만치 않음을 깨닫고 맥이 탁 풀린 표정을 지었다.

『이 정도 보석을 반값으로 사는 건 쉽게 오는 기회가 아니에요. 18유로까지는 해주지.』

상인이 보석을 흔들어 보이며 유혹했다.

서은하는 행운의 보석에서 눈을 떼지 못했다. 자꾸만 마음이 가고, 이 정도 가격이라면 부담되지 않을 것 같은 기분을 느끼는 연기에 돌입했다.

"에라, 모르겠다. 엄마 선물인데 뭐."

상인은 기대감이 담긴 눈으로 서은하의 지갑을 주시했다.

그때였다.

"흥정을 그리하면 쓰나."

가판대 안으로 불쑥 들어온 손 하나가 서은하의 지갑을 아래로 내렸다. 타지에서 들은 유창한 한국어에 흠칫 놀란 연기를 한 그녀가 고개를 들었다.

민호는 17세 소녀의 연기를 완벽하게 해내고 있는 서은하에게 감탄하며 옆에 붙었다.

"하, 한국 분이세요?"

"잠깐 기다려 봐."

상인에게 고개를 돌린 민호는 대본에 나와 있는 대사를 시작했다.

『이봐, 비싸다고 생각 안 해?』

『무슨 소리. 나도 거저 주는 게 아니라고. 얼마나 유래 깊은 천연석인데.』

『이 아가씨가 사기를 당했다는 걸 알게 되면 파리에 대한 좋은 감정이 어찌 되겠어? 당신에겐 고작 한 번의 거래지만 미래의 관광객 여럿을 잃게 될 거야.』

민호에게서 제법 유창한 프랑스어가 이어지자 실제 프랑스인인 상인이 약간 놀란 표정이 됐다. 다행히 민호에게만 카메라가 집중된 상황인 터라 상인의 이 표정은 화면에 잡히지 않았다.

"컷! 오케이, 민호 씨. 느낌 살려서 다음 장면 바로 이어가자!"

권 PD가 일어서며 좋아했다.

《사계절의 행운 7화 3-2, '첫사랑 회상 2'》

민호와 서은하에게 타이트한 카메라 샷이 집중됐다.

"레디, 액션!"

상인이 서은하에게 고개를 돌렸다. 복잡한 프랑스어가 오가는 것을 멀뚱히 지켜보고 있던 서은하는 시선이 마주치자 활짝 웃어 보였다. 때 묻지 않은 그 미소에 상인이 가볍게 한숨을 내쉬었다.

『10유로. 이건 딱 관리비만 더한 합리적인 가격이야.』

민호는 고개를 끄덕이며 서은하에게 말했다.

"10유로까지 깎아 주겠다는데, 어때?"

"저야 좋죠."

"여기 시장 사람들 만만치 않으니까 함부로 흥정하지 마. 동대문 시장보다 무서워."

"동대문도 아시고. 정말 한국 사람 맞구나."

"엄밀히 말하면 한국 사람은 아니야. 그냥 한국 공부를 많이 한 거지. 입양됐거든."

서은하는 새삼 놀란 얼굴이 되어 민호를 살폈다. 지갑에서 지폐를 꺼내던 그녀는 뺨을 붉혔다. '이런 게 바로 여행 중에 찾아오는 운명적인 인연이라는 거겠지?'라고 독백으로 처리될 부분에서 적당히 간격을 두었다.

"조연출아. 두 사람 호흡 괜찮아 보이지 않아? 강민호도 뜻밖에 연기력이 있고."

"그러게요."

화면을 지켜보고 있던 권 PD는 "홍 작가가 고집 피워서 걱정했더니만" 하고 중얼거리며 다음 장면을 기다렸다. 이 첫사랑 회상 신의 하이라이트가 될 장면. 여기서 분당 시청률이 판가름 날 것이다.

민호는 권 PD와 조연출의 대화를 그대로 전해 듣고 속으로 안도했다. 반지 탓에 가미된 성격이 연출자의 눈에 알맞게 보인다면, 그다음부터는 자유자재였다.

'과감히 연기해 볼까?'

서은하가 10유로를 손에 쥐고 즐거운 상상을 하는 연기를 하던 그때.

"이런 제길."

뒤쪽의 무언가를 본 민호가 움찔 놀라 슬며시 서은하에게 다가왔다.

"잠깐만 장단 좀 맞춰줘."

"네?"

복화술을 하듯 살짝 입술을 달싹거리며 하는 민호의 말에 서은하는 눈이 커졌다. 민호는 서은하가 놀라든 말든 그윽한 미소와 함께 행동을 개시했다.

『자기, 이거 사고 싶다고?』

민호가 10유로 지폐를 잡아챘다.

"어어?"

『와우! 정말 잘 어울리겠는걸? 어디 보자~』

갑작스레 프랑스어를 내뱉으며 서은하 대신 보석을 구매

한 민호. 서은하는 그가 하는 짓을 당황스러운 눈길로 지켜보는 연기를 보였다.

"지금 뭐 하시는 거예요?"

민호가 물방울 보석이 달린 펜던트에 은빛 줄을 꿰었다. 그리고 서은하에게 가까이 가져왔다.

서은하는 반사적으로 어깨를 움츠렸으나 민호는 신경조차 쓰지 않고 목에 보석을 걸어주었다. 그리고 그녀의 귓가에 낮고 빠르게 소곤거렸다.

"나 때문에 싸게 샀으니까 잠깐만 애인인 척 좀 해줘."

"뭐라고요?"

서은하는 그의 시선이 자신 쪽이 아닌 시장 뒤편을 향해 있는 것을 보고 고개를 돌렸다. 가슴이 풍만한 젊은 프랑스 여성이 이쪽을 바라보는 중이었다.

"보지 마."

민호의 양손이 서은하의 뺨을 꾹 누르며 고개를 휙 돌려 버렸다. 그리고 엷은 웃음을 흘렸다. '그린 듯한 미소가 마치 사랑하는 연인을 마주하는 듯 애틋하기까지 하다'라는 대본의 지문을 그대로 이행하는 매우 숙련된 미소였다.

반지 덕분임을 모르는 서은하는 민호가 순간적으로 엄청난 바람둥이인 것처럼 느껴졌다.

"하하! 연아야. 잘 어울려."

"연아? 그게 누군데요?"

민호는 상인에게 손을 흔들어 보인 뒤 강제로 서은하의 어깨를 붙잡고 시장거리로 잡아끌었다.

"연아는 네 이름이고. 눈을 치켜뜨고 있는 저 여자 보이지? 쥘리라고 해."

서은하가 고개를 돌리려 하자 민호가 손을 들어 막았다.

"어허, 그만 봐. 자꾸 관심 주면 머리채 잡혀."

그제야 상황을 알아차린 서은하가 눈을 치켜떴다.

"전 애인이랑 헤어지는 용도로 제 도움이 필요하다. 이 말이에요?"

민호는 쌍심지를 켠 서은하의 머리를 쓰다듬으며 자상한 표정을 지어 보였다. 그러면서 입은 전혀 다른 이야기를 내뱉었다.

"그렇게 볼 거 없어. 전 애인이 아니라 그냥 나 생긴 게 마음에 든다고 끈질기게 달라붙는 여자거든."

서은하는 어처구니가 없는 표정을 지었다. '조금 전까지만 해도 흥정을 도와주는 친절하고 핸섬한 남자였는데 갑자기 이 무슨 일이람!' 하는 독백의 호흡을 기다린 후에 대사를 이어나갔다.

"애인도 아닌데 이게 무슨……."

"오, 이런."

앞쪽을 보고 있던 민호가 신음을 흘렸다. 서은하는 몸매가 모델처럼 쭉 뻗은 여자가 갈림길 한가운데 서서 날카롭게 쏘아보고 있는 것을 확인하고 민호에게 시선을 돌렸다.

"줄리는 뒤에서 따라오고 있는 거 아니었어요?"

"저쪽은 까미유라고 해. 인사는 따로 안 나눠도 돼. 주먹이 매섭거든."

"뭐라고요? 애인이 두 명이나……."

민호가 발걸음을 멈추고 몸을 휙 돌렸다. 어깨를 단단히 붙잡혀 있는 서은하도 함께 몸이 돌아갔다.

"이봐요!"

깃털 달린 모자와 각종 액세서리들이 쭉 늘어서 있는 가판대와 마주 서게 된 민호는 서은하를 보며 또다시 자상한 표정을 지어 보였다.

"너도 같이 좀 웃어."

"양다리였어요? 참 내."

서은하의 말에 민호는 정말 억울하다는 투로 대답했다.

"그냥 나 좋아서 쫓아다니는 여자들이라고. 죄가 있다면 매너 있게 대해준 것뿐이야."

민호가 챙이 넓은 모자 하나를 들어 서은하의 머리에 씌워 주고 엄지를 치켜들었다.

『우리 연아, 진짜 예쁘네!』

"들리라고 일부러 크게 말하는 거죠?"

"정답."

서은하는 싫다는 표정으로 모자를 벗었다. 민호는 전혀 개의치 않고 가판대에서 나비 장식물이 달린 핀을 쥐어 그녀의 머리에 달아주었다.

"이건 내가 사줄게."

"됐네요."

툴툴거리면서도 핀의 생김새가 마음에 들어 벗지 않는 서은하의 연기. 그것이 귀엽기도 하고, 자연스러워 보여 민호는 연기와 상관없이 피식 웃었다. 그리고 뒤쪽을 흘끔 살피더니 서은하에게 소곤거렸다.

"이제 쥘리는 포기했다. 움직이자."

이번에는 서은하의 팔을 붙잡아 강제로 팔짱을 끼우고 방향을 바꿔 걷기 시작했다. 서은하는 민호를 보며 톡 쏘아붙였다.

"처음부터 가짜 애인 시키려고 접근했던 거였죠? 난 또 왜 이리 친절한가 했네."

"한국인 애인이 있다고 둘러댔었거든. 그런데 네가 딱 나타난 거지. 운이 따랐달까?"

"웃겨."

민호는 왔던 거리를 돌아가며 행인들을 지나칠 때마다 가판대에 멈춰 물건을 사는 척 뒤를 살폈다. 서은하의 몸에 하나둘 치장품이 늘어났다.

"아직도 안 갔어요?"

"까미유는 자존심이 세서 도무지 믿질 않았거든. 자길 놔두고 다른 여자를 좋아할 수는 없다나 뭐라나."

서은하는 지나온 거리 쪽으로 살짝 고개를 돌렸다. 이글이글 타오르는 눈길로 자신을 노려보고 있는 까미유의 모습에 깜짝 놀라 고개를 돌렸다.

"시장 끝까지 왔는데 이제 어쩌려고요?"

"어쩌긴."

민호는 장신구들이 쭉 진열된 가판대에 멈춰 섰다. 그중에서 반지 하나를 집어 들었다. 서은하는 '설마!' 하며 고개를 휘저었다. 그리고 이어진 민호의 동작에 화들짝 놀라는 표정을 지었다.

모든 스태프가 민호와 서은하의 연기 호흡을 지켜보았다. 중간에 컷을 외치고 끊고 가야 할 장면이 권 PD의 재량으로 롱테이크가 됐음에도 누구 하나 지적하는 이가 없었다.

민호가 반지를 손바닥에 올리고 무릎을 꿇었다. 주변에 있던 엑스트라들의 눈길이 삽시간에 집중됐다.

『나와 결혼해 주겠어?』

"장난해요?"

"대답해. 끝내고 싶으면."

"으으."

서은하는 고개를 푹 숙이며 프랑스어를 중얼거렸다.

『좋아요.』

민호는 기쁨의 환호성을 지르며 서은하를 끌어안고 빙빙 돌렸다. 주위 사람들이 손뼉까지 치며 환호해 주었다. 연기라고 치부하기엔 너무나도 능글맞고 자연스러운 모습이었다.

"컷!"

권 PD가 벌떡 일어섰다.

"민호 씨! 서은하 씨! 장면 좋았어!"

민호는 마지막 촬영을 앞두고 대기실에 앉아 있다가 문을 벌컥 열고 들어선 홍은숙 작가와 마주했다.

"은하 씨는?"

"잠시 화장실에 갔어요."

연속해서 4신을 촬영해 벌써 새벽 3시였다. 서은하는 졸음을 깨기 위해 세수를 하러 갔다.

홍 작가는 소파에 걸터앉으며 말했다.

"거봐! 민호 씨, 잘하잖아! 권 PD님이 대만족하셨어."

이건 노트북 광고 속에서 보여준 캐릭터를 그대로 대본에 녹여낸 홍 작가의 능력 덕택이었다. 민호는 그랬기에 겸연쩍은 미소를 지었다.

"권 PD님께는 아직 말 안 했지만, 오늘 장면 시청자 반응 좋으면 또 넣는 걸 고려해 볼게."

"그러지 않으셔도 돼요. 좋은 작품 해치면 안 되잖아요."

"뭘 모르는 말씀. 트렌디 드라마는 여성 시청자의 판타지를 만족시켜 줘야 하거든. 훈남은 많이 나올수록 좋아."

"그래도……."

"오랜만에 재회한 둘이 손을 꼭 잡고 데이트 아닌 데이트를 하는 거지. 밤새 밀렸던 얘기를 하다 지쳐서 잠이 드는 거야. 그러다 한 침대에서어~"

여기까지 말한 홍 작가가 민호의 반응을 살폈다. 민호는 그 뒷이야기가 궁금해 귀를 기울이고 있다가 헛기침을 하며 목소리를 낮췄다.

"차후 스케줄은 저희 매니저님과 상의하시면 됩니다. 지금 주차장에 계세요."

달칵.

얼굴에 물기가 흥건한 서은하가 들어오자 홍 작가가 손을 흔들었다.

"은하 씨, 오늘 좋았어. 역시 호흡 맞는 상대 배우 있으니 표정이 확 살더라."

"그랬어요?"

민호가 의자에 걸려 있던 수건을 서은하에게 내미는 찰나, 홍 작가가 말했다.

"이제 그거 한 장면 남았네. 키.스.신~"

민호와 서은하의 동작이 동시에 굳어졌다. 홍 작가는 두 사람의 귀여운 반응에 "호호" 웃었다.

《사계절의 행운 7화 3-5, '첫사랑 회상 마지막'》

시장에서의 사건이 인연이 되어 대회 동안 친해진 두 사람. 민호가 연기하는 청년은 주니어 테니스 대회 16강에서 패배해 우울해하는 여주인공을 위해 일하고 있던 음식점이 끝나는 시간에 맞춰 몰래 이벤트를 준비한 상황이었다.

민호는 촛불이 켜져 있는 아담한 테이블이 놓여 있는 세트장을 보며 두근거림을 진정시키지 못했다. 이것을 위해 양치질만 3번. 가글은 수도 없이 했다.

"민호 씨. 명장면 하나 뽑아보자. 파이팅."

권 PD가 민호의 어깨를 두드리고 카메라 뒤편으로 사라졌다.

리허설 때 계속 연습했음에도 손끝이 떨려왔다.

'긴장하지 마. 민호야.'

시계의 능력으로 권 PD의 실시간 평가를 전해 들으면 연기 타이밍을 잡기 좋기에 이번에도 살짝 터치했다.

둥둥. 둥둥.

그러자 심장이 쿵쾅거리는 소리가 무척 크게 들려왔다. 스태프들은 연기자들의 분위기 집중을 위해 숨죽이고 있는 상황. 그 때문에 민호는 가슴으로부터 천둥이 휘몰아치는 소리를 들어야 했다.

"3-5 레디! 액션!"

닫혀 있는 세트장 문밖으로 서은하가 접근하는 발걸음 소리가 들려왔다. 민호는 서은하의 심장도 콩닥콩닥 뛰고 있음을 확인하고 뺨이 살짝 붉어졌다.

똑똑.

민호는 노크 소리에 문을 열고 대사를 시작했다.

"어서 와."

"어머, 이게 다 뭐예요?"

서은하는 촛불로 무드가 조성된 안으로 들어서며 두 손을 꼭 붙잡았다. 사랑에 빠진, 소녀의 감성을 그대로 표현해 주는 연기.

"이 요리는 라따뚜이. 이건 쿠스쿠스. 아직 이 두 개밖에 제대로 못 해."

민호는 그녀를 테이블로 안내하며 턱밑을 긁적였다. '바람둥이 끼가 다분했던 캐릭터의 순수한 면을 부각시켜라'라고 말하는 이 장면은 요원의 감성으로 도저히 표현할 수가 없어 본연의 태도를 유지하기 위해 노력했다.

테이블에 마주 앉아 포크로 파스타를 콕 찍어 입에 넣은 서은하. 민호는 그녀의 감상을 기다렸다.

"음, 맛이 조금……."

서은하가 눈살을 살짝 찌푸렸다.

"그래? 미안, 내가 아직 보조라 실력이 없어."

잔뜩 실망한 표정의 민호에게 서은하가 밝게 웃으며 말했다.

"조금 맛있는 게 아니네요. 무척 맛있어요!"

"야, 너! 그럴 거면 내놔."

"싫거든요!"

포크와 손, 접시와 눈빛이 오고 가는 투닥거림.

민호는 서은하의 손이 왼쪽에서 오른쪽으로 움직이는 틈을 노려 훅 치고 들어갔다. 서로의 이마와 이마가 한 치를 놔두고 근접한 상황. 서은하가 당황해 눈만 깜박였다.

카메라가 두 사람을 클로즈업했다.

민호는 이 순간 심장이 뛰다 못해 터질 것 같은 기분을 느껴야 했다. 아직 입술은 닿지도 않았건만 달콤한 서은하의 체취가 코끝에 너무나도 선명하게 전해졌다.

후우.

그녀의 입술에서 흘러나오는 미약한 숨결이 민호의 입술에 닿으면, 그것은 크나큰 자극이 되어 온몸에 전기가 찌릿 흐르는 기분을 느끼게 했다. 귀에 대고 바람을 부는 것도 아니건만 절로 몸이 으슬으슬 떨려오는 이 감각.

'시계 괜히 만졌나?'

후회해도 이미 늦었다.

권 PD가 화면에 온 신경을 집중하며 "서서히 가까워진다"라고 중얼거렸다.

민호는 그것을 캐치해 눈을 감으며 입술을 내밀었다.

서은하 역시 뺨에 홍조가 가득한 채로 눈을 감았다.

"……!"

민호는 한평생 느껴보지 못했던 최고의 부드러움이 그의 입술을 스치는 것을 경험했다. 마시멜로 같은 말랑함, 츄~하고 입술과 입술이 닿는 소리, 상대에게서 풍겨오는 감미로운 향기까지.

'이 이상 자극받으면 나 죽을지도 몰라.'

숨이 막힐 것 같았던 10초가 흘렀다.

"컷! 느낌 좋아!"

권 PD의 음성에 두 사람이 눈을 떴다.

오전 6시.

민호는 서은하의 집 앞에 붕붕이를 멈춰 세웠다. 그리고 옆에서 곤하게 눈을 감고 있는 서은하의 어깨를 흔들었다.

"다 왔어요."

'음' 하고 뒤척이던 서은하가 주위를 두리번거렸다. 그리고 화들짝 눈을 떴다.

"아아! 나만 또 잤어. 미안해요."

오는 동안 말상대를 해주지 못한 것에 시무룩해하는 서은하에게 민호가 웃으며 말했다.

"뭘요, 저도 똑같이 졸면서 왔는걸요."

"그래도요."

라고 대답하며 더 미안해하던 서은하는 순간 깜짝 놀란 눈이 되어 민호를 돌아보았다.

"민호 씨도 졸았어요?"

"농담이에요."

민호가 싱긋 웃었다.

서은하는 당했다는 표정을 지었다. 생각해 보니 자신의 반응이 어이없던지 피식 웃은 그녀.

"방금 나 되게 바보 같았죠?"

"노코멘트할게요."

"됐네요."

민호는 서은하를 바라보다 그녀의 입술에 시선이 머물렀다. 한평생 기억에 남을 새벽의 입맞춤이 떠올라 고개를 휘휘 저었다. 연기일 뿐인데 끝나고 여운을 즐기는 건 여배우인 그녀에게 못할 짓!

"오늘 민호 씨 연기 무척 능숙했어요. 대본도 짧아서 캐릭터 잡기 힘들었을 텐데 진짜 바람둥이처럼 보이더라고요."

"칭찬 맞죠?"

"노코멘트!"

이렇게 말하고 키득키득 웃기 시작한 그녀.

"농담이에요, 농담. 후후. 연구 많이 한 티가 났어요. 분명 시청자 반응도 좋을 거예요."

민호는 어떤 얘기를 나눠도 매번 이렇게 웃음과 함께 눈을 마주쳐 오는 서은하를 앞에 두고 가슴 한구석이 간질간질하는 설렘을 느꼈다. 그녀가 일 때문에 짓는 미소와 평소의 미소는 이제 확연하게 구분이 가능했다.

지금의 저 환한 미소는 결코 가식적인 웃음이 아니었다. 민호는 서은하를 물끄러미 바라보았다.

만약, 햇살에 형태가 있다면 바로 저 모습일 것이다.

고백할 타이밍을 놓치고 안타깝게 세상을 떠난 정철민도

빵집 주인 김정화를 보며 이 비슷한 느낌을 받았었다. 눈으로 보지는 못했지만 마음으로 느꼈던 따뜻한 미소.

"은하 씨, 저는……."

민호는 백미러로 얼핏 스쳐 간 그림자를 보고 말을 삼켰다. 귓가로 '두둥!' 하는 효과음이 이는 것마냥 존재감 큰 한 사내가 느껴졌다.

"네?"

"……이제 스위스 화보 촬영 때 보겠네요, 하하."

하루 보고 안볼 사이도 아니고. 아직 기회는 많다. 차근차근. 한 계단씩. 게다가 오늘은 황홀한 입맞춤까지 경험하지 않았던가.

민호는 손목의 시계를 터치하고 차 밖의 서철중의 움직임을 캐치하기 위해 노력했다. 서은하와 무슨 짓을 하는지 주시하는 그 강렬한 시선이 바늘처럼 등을 콕콕 찔러왔다.

그사이 서은하가 벨트를 풀었다.

"고마워요. 민호 씨도 피곤할 텐데. 어서 들어가서 푹 쉬세요."

아무리 피곤해도 서은하를 바래다주는 걸 마다할 수는 없다. 저 아름다운 얼굴을 바로 옆에서 실컷 볼 기회를 말이다.

"잘 들어가요, 은하 씨."

"나중에 전화할게요."

미소와 함께 차에서 내린 서은하는 대문 앞의 서철중을 발견하고 '어?' 하는 얼굴이 됐다.

"아빠, 이렇게 일찍 거기서 뭐해요?"

"외박한 우리 딸 기다렸지."

"일하고 왔어요. 외박은 무슨. 이웃 아저씨가 들으면 오해해요."

민호는 차 문을 열고 내려와 서철중을 이제 발견했다는 듯한 몸짓으로 힘차게 인사했다.

"안녕하십니까!"

"그래. 민호 군. 뜸하다 싶더니 이렇게 또 내 딸과 만나고 있었어."

"아빠! 말 좀 부드럽게."

서은하는 대문 앞에 서서 민호에게 어서 가라고 손짓해 보였다.

"그럼, 저는 가보겠습니다!"

"이봐, 강민호."

등을 돌리는 민호를 서철중이 불러 세웠다.

"밤새 무슨 짓을 했는지는 밝히고 가야 내가 오해를 덜하지 않겠어?"

이미 단단히 오해하고 있는 듯한 서철중이었기에 민호는 키스신을 촬영했다고 밝히면 최하 사망이라는 예감이 들었다. 7화 방영은 한 달가량 남았으니 그때까지는 생명을 부지해야지.

“은하 씨가 촬영 중인 드라마 카메오 출연을 했습니다. 요리사 역할로 쿠스쿠스, 라따뚜이를 놓고 이렇게 투닥투닥하다가 끝나는…….”

잔뜩 긴장해 다급히 대답하는 민호를 지켜보던 서철중은 평소처럼 순진해 보이는 민호의 말투에 일단은 안심한 표정으로 말했다.

“드라마에서 싸웠다 이거지.”

“비슷합니다!”

“근데 쿠스쿠스? 새로 나온 욕인가? 일본 애들이 쿠소라고 하는 것처럼.”

“그건 아닙니다. 새로 나온 욕은 ‘뉴’욕이죠.”

뜬금없이 튀어나온 구식 유머.

‘응?’

말을 마치자마자 민호는 ‘나 지금 뭐한 거냐’ 하는 눈길로 그대로 얼어붙었다.

‘정철민 씨이이이! 아는 농담이라고 갑자기 이러기예요?’

머리를 쥐어뜯고 싶은 심정이 된 민호는 설마 설마 했던 것이 진짜였음을 확인했다.

이 시계.

능력은 좋지만 크나큰 단점을 하나 지니고 있다. 분위기 파악을 못 하고 개그를 불쑥 던지는 것. 하필이면 절대 빈틈을 보이지 말아야 할 서철중 앞에서 실수하다니.

망했…….

"푸흡."

민호는 서철중이 어깨를 들썩이는 모습을 보고 '으응?' 하고 눈이 돌아갔다.

"뉴욕. 크크크."

생각할수록 웃긴지 이내 크게 웃는 서철중을 보며 민호는 말문이 막혔다.

'은하 씨 아버님, 이상한 것에서 빵 터지시네.'

이런 개그가 먹히는 사람이 있었다니.

"축구공이 웃으면 '풋'볼."

"풉."

"소가 웃으면 '우'하하."

"우하하? 크흐흐흐. 그만, 그만!"

배꼽을 잡은 서철중은 민호를 다시 봤다며 어깨를 두드려 준 후에 말했다.

"자네 생각보다 엄청 웃긴 친구였군."

딸과 함께 대문 안으로 들어가며 자꾸만 큭큭 거리는 서철중. 민호는 어안이 벙벙해진 얼굴로 사라지는 서철중을 지켜보았다.

Object : 남성복 전문가의 줄자.

Effect : 신사의 패션에 대한 센스가 충만해진다.

Relic : 심각한 개그감이 가미된 점자손목시계.

Effect : 터치해 시간을 확인하면 3분간 미각, 청각, 촉각, 후각이 극대화된다.

29.
청춘의 동물농장 (1)

【'나의 스무 살'. 윤이설 1st 정규앨범 리뷰】

각종 동영상 사이트에서만 떠돌던 싱어송라이터 윤이설의 비공식 데뷔 싱글 '다시 한 번'은 언더와 메이저의 구분이 무색할 만큼 대중에게 큰 사랑을 받았다. 덕분에 연이어 발매된 싱글 '반짝이는 별'은 발매 즉시 음원사이트 1위를 독식하며 대형 기획사의 계획적인 마케팅이 아닌가 하는 의심을 사게 만들었다.

그러나 그 이후에 윤이설의 선택은 대형 기획사의 입김이 들어가서는 나올 수 없는 방식이었다.

독립 레이블에 들어가 정식 앨범을 준비. 언더 뮤지션들과의 작업만으로 모든 앨범을 꾸민다는 것은 그녀의 태생이 '상업적'이 아니라 '예술적'이라는 느낌이 들게 한다.

윤이설은 여기서 그치지 않고 또 한 번의 놀라운 선택을 한다. 매니악한 언더 뮤지션의 음악성에 그녀의 유니크한 목소리를 대중들이 사랑할 요소로 담아낼 수 있는 천재 프로듀서 강민호와의 만남이…….

나의 스무 살 -★★★★☆
『10~20대 여성의 풋풋한 감성을 느껴보기에 이만큼 적확한 앨범은 없다. 타이틀곡 '눈맞춤'은 그 백미.』
By 김기선-음악채널 IZ뮤직 평론가.

9월의 셋째 주 월요일 밤.

스케줄을 끝마치고 숙소로 돌아가는 밴 안에서 기사를 훑어보고 있던 민호는 '천재 프로듀서'라는 말에 누가 쳐다보고 있던 것도 아닌데 괜히 헛기침하며 주위를 둘러보았다. 평론가에게 아니라고 전화를 넣을 수도 없는 노릇이고.

'천재는 내가 아니라 이설이지.'

근 한 달 반 동안 이어진 작업의 결과물로 드디어 윤이설의 앨범이 선공개됐다. 아직 타이틀곡 뮤직비디오 촬영과 쇼케이스 준비가 남아 있지만, KG엔터의 전문가들에게 부탁해 둔 터라 그가 관여할 것은 많지 않았다.

'드디어 이설이가 전 국민의 아이돌이 되겠구나.'

민호는 음원 사이트 실시간 베스트 1위, 앨범 판매순위 1위를 마크 중인 윤이설의 노래를 흥얼거리며 창밖으로 시선을 던졌다.

"민호 씨."

운전 중이던 공 매니저가 미소를 지으며 물어왔다.

"아까부터 제 전화통에 불이 나고 있는 거 아십니까? 생전 연락 없던 가수들까지 민호 씨와 곡 작업을 하고 싶다고. 그 중에는 이름만 들어도 깜짝 놀라실 분도 있습니다."

"이제 레이블 대표도 아닌데요, 뭐. 적당히 거절해 주세요."

"아, 그 대표 건 말입니다만……."

공 매니저는 말끝을 살짝 흐렸다가 노래의 흥에 취해 기분 좋아 보이는 민호를 백미러로 흘끔 살피고는 과감히 말했다.

"아직 '스타피스' 소속 가수가 늘어나지도 않았고, 이번 분기 사내 사업보고 회의 때 민호 씨가 참석해야 하기에 그때까지는 대표 대리 업무를 유지해 주셔야 합니다."

"사업보고? 제가요?"

민호의 눈이 커졌다. 공 매니저는 침착하게, 그리고 임소희 사장이 당부한 대로 최대한 민호가 걱정하지 않도록 운을 띄웠다.

"레이블 관련해서 그간 민호 씨가 해온 일에 대한 진행 과정을 간단히 보고하는 것뿐이니 염려하지 않으셔도 됩니다."

"그 정도면 뭐."

수긍하는 민호를 보며 공 매니저는 "휴" 하고 가슴을 쓸어내렸다. '일단 부탁하는 것까지가 문제지, 막상 일을 맡으면 잘해낸다'라는 공 매니저 나름의 신뢰는 민호를 담당해 온 4개월 동안 단 한 번도 틀린 적이 없었다.

"공 매니저님."

내일 스케줄이 뭐였는지를 생각하던 민호가 물었다.

"청춘일지 콘셉트가 바뀌었어요?"

"아니요, 그대로입니다만."

"그러면 갑자기 저를 왜 초대하는 거죠?"

"추수 시즌이라 지인들 초대해서 풍성한 음식 대접하고 보내는 과정을 촬영한다고 들었습니다. 소라 씨가 민호 씨를 초대했구요."

"PD님 입김이 들어가거나 한 건 아닌 거죠?"

"그럼요. 가서 잘 얻어먹고 돌아오시면 됩니다."

지난번 출연 때 제작진을 크게 골탕 먹인 적이 있던 터라 민호는 걱정이 일었다. 밥을 주긴 주는데 삽질을 해야 한다거나 하면 골치 아파지니까.

한편으론 기대되는 것도 있었다. 근래에는 서울 안에서만 돌아다녔다. 차가 꽉꽉 막히고, 공기도 탁한 도심을 벗어나 율치리의 그 청량한 풍경을 감상하는 것도 나름 힐링이 되리라.

멀리 민호의 숙소 건물이 보이자 공 매니저가 말했다.

“민호 씨 요청대로 공중파 방송 외에는 대부분 출국 이후로 미뤄두고 있습니다. 힘든 줄은 알고 있지만 내일 스케줄만 마치시면 앞으로는 여유가 좀 생길 겁니다.”

“감사해요, 공 매니저님.”

“아닙니다. 담당자 체력을 고려하지 않고 무리하게 스케줄을 감행한 제 잘못입니다.”

숙소 앞에 밴이 멈췄다.

민호는 종일 운전하느라 피곤해 보이는 공 매니저와 뒷좌석에 기절해 있는 김 코디를 바라보았다. 곤하게 자는 김 코디는 굳이 깨우지 않고 내렸다.

“잘 들어가세요, 공 매니저님.”

“고생하셨습니다.”

“미, 민호 형, 잘 가요!”

밴을 나서려는 민호에게 뒤늦게 일어난 김 코디의 인사가 날아들었다. 민호는 피식 웃으며 떠나는 밴을 향해 손을 흔들어 주었다.

‘둘 다 푹 쉬길.’

스케줄을 미룬 진짜 이유는 사실 자신이 아니라 저 둘 때문이었다. 2주 앞으로 다가온 국외일정 때문에 휴일도 없이 바쁘게 지내온 요즘, 적당히 잠만 잘 수 있으면 취화정으로 언제든 쌩쌩한 컨디션 회복이 가능한 자신보다 저 두 사람이 더 죽을 맛일 것이다.

시계를 보니 오후 11시였다.

씻고 한 시간 정도 책을 보다 잠이 들면 좋을 시간. 파리 방문을 대비해 집중적으로 공부 중인 회화교재 덕분에 반지를 통해 말하고 듣는 외국어가 예전처럼 말도 안 되게 부자연스럽진 않았다.

"하이~ 봉쥬르~ 구텐 탁~"

인사말을 중얼거리며 숙소의 대문을 열던 민호는 담벼락 쪽에서 후다닥 뛰어가는 소리가 들려와 고개를 돌렸다.

'응?'

담장 쪽을 살폈으나 보이는 이는 없었다.

띠링.

그 와중에 문자가 왔다.

[민호 오빠, 숙소에 계시죠?]

윤이설의 문자. 민호는 낌새가 확 느껴져 '아니, 오늘 바빠서 숙소에 못 갈 거 같은데?'라고 답문을 보냈다. 그리고 손목의 점자시계를 터치했다. 증가한 청각이 옆집 대문의 기둥 뒤에 숨어 "에엑? 진짜?"라고 중얼거리는 이가 누군지 확실히 알려주었다.

"오빠가 아닌가?"

윤이설은 기둥 바깥으로 고개를 쭉 내밀었다. 그리고 팔짱을 끼고 서 있는 민호와 눈이 딱 마주쳤다. 당황한 그녀는 아닌 척 몸을 휙 돌려 걸어 나가다 성큼 다가온 민호의 손에 덜미가 붙잡혔다.

"어딜 가게?"

등을 돌린 윤이설의 얼굴은 울상이었다. 오른손에는 케이크, 왼손에는 폭죽을 든 채로 민호를 몰래 방문해 깜짝 놀라게 해주려던 그녀의 계획은 시작부터 보기 좋게 간파되고 말았다.

"나를 속이려면 백 년은 이르다."

"히잉."

민호는 윤이설의 이마를 콩 찍으며 물었다.

"이렇게 늦은 시간에 무슨 일이야? 너 매번 집에 늦게 들어가면 나만 욕먹는 거 알잖아. 아무리 같은 레이블 소속이지만 이 오빠가 통금 시간까지 챙겨야겠냐?"

"그래도 축하할 건 해야죠. 오빠 생각하면서 만든…… 어어!"

고개를 좌우로 휘저은 윤이설이 말을 이었다.

"오, 오빠랑 열심히 작업한 타이틀곡이 1위 하고 있잖아요."

윤이설은 손안의 케이크와 폭죽을 흔들며 밝게 웃었다.

가로등 불빛이 은은하게 비치는 숙소 근처의 놀이터 안에는 작은 파티를 준비하는 두 사람이 서 있었다. 케이크를 손에든 민호가 초를 꼽고 성냥으로 불을 붙이자 윤이설이 노래를 시작했다.

"1위 축하합니다~ 1위 축하합니다~"

생일송에 맞춰 개사하던 윤이설의 목소리는 '사랑하는'이란 단어에 이르러 망설임을 보였다.

"사, 사, 존경하는 우리 임시 대표님~"

"대표 대리."

"대표 대리님~ 1위 축하합니다!"

윤이설이 미니 케이크 위에 숫자 '1' 모형으로 꼽혀 있던 초를 훅 불었다.

짝짝짝.

손뼉을 치며 좋아하는 윤이설을 지켜보던 민호는 그녀가 폭죽까지 터트리려는 것을 보고 안색이 변했다.

"이설아."

청각이 증가하여 있는 상황에 폭죽 소리를 들었다가는 끔찍하리란 생각에 얼른 그녀의 팔을 붙잡았다. '왜요?' 하는 그녀의 눈빛에 민호가 차분히 말했다.

"이 시간에 그런 거 터트리면 욕먹어."

"아. 맞다 맞다."

주변을 둘러보며 죄송하다는 표정을 지어 보이는 윤이설

은 고개를 갸웃했다. 공원 근처라 주택단지와는 거리가 좀 있어서였다.

"폭죽은 못 터트려도 이런 건 해야지."

"뭐요?"

민호는 케이크의 크림을 손끝에 쿡 찍어 윤이설의 코에 발랐다.

"오빠!"

윤이설이 인상을 쓰며 반격하려 했으나 작고 아담한 주먹으로는 쉽지 않은 일. 뺨에 생크림을 하나 더 묻히고 말았다.

"이잇!"

민호는 버둥버둥 팔을 휘두르는 윤이설이 귀여워 한참을 킥킥 웃어댔다.

잠시 후.

정글짐에 걸터앉아 케이크를 우물거리고 있던 민호가 말했다.

"1위 축하해, 이설아."

"고마워요, 오빠."

"앞으로 무대 서고 방송 출연하려면 너도 매니저가 필요할 거야."

"매니저요?"

"임 사장님이 공 매니저님만큼 실력 좋은 분 붙여 주신다고 했으니까 야밤에 이렇게 혼자 다니는 짓 더는 하지 마."

"네, 오빠."

윤이설은 이 대답과 함께 어깨를 축 늘어뜨렸다. 본격적인 방송 활동이 시작되면 이제 민호를 볼 시간도 부족해지기 때문이었다.

시무룩해하는 그녀에게 민호의 다음 말이 이어졌다.

"처음에는 방송 나가서 무슨 말 해야 할지 잘 모를 거야. 라디오랑 케이블 예능은 나랑 같이 나가면서 분위기를 익혀 보자. 이 오빠가 데뷔한 지는 얼마 안 됐지만 별별 예능을 다 해봤다."

"같이!"

얼굴에 화색이 돈 윤이설이 고개를 돌렸다.

"늦었다. 이제 가야지."

민호가 정글짐에서 내려와 윤이설에게 손을 내밀었다.

"손은 왜요?"

윤이설은 설마 손 꼭 붙잡고 가자는 거 아닌가 싶어 기대감이 일며 얼굴이 확 붉어졌다.

"너 거기서 내려오다 넘어질 거 같아서. 우리 레이블 1위 가수 뼈 다치면 큰일 나."

"안 넘어질 거거든요!"

코웃음을 친 윤이설이 정글짐에서 폴짝 내려섰다. '봤죠?'

하는 자신감에 차 있는 그녀의 눈빛에 웃음 짓던 민호는 갑자기 생각나 말했다.

"나는 눈 감고도 거기 위를 걸을 수 있어."

"거짓말."

"봐봐."

민호는 씩 웃은 뒤에 손목의 시계를 터치했다. 그리고 정글짐 첫 번째 칸 위에 올라가 양팔을 들어 올렸다. 척척 걷는 민호를 유심히 지켜보던 윤이설은 감탄한 표정을 지었다가 무슨 수가 있을 거로 생각하고 물었다.

"실눈 뜬 거죠?"

"아니~ 내가 균형감각을 타고나서 그래. 누구처럼 맨날 넘어지는 사람과는 다르지."

"피."

결국 놀리려고 한 행동임을 안 윤이설은 볼을 부풀렸고 민호는 다시 킥킥 웃었다.

"됐어요. 저 이제 갈……."

"쉿."

민호는 갑자기 귀를 쫑긋하더니 입가로 검지를 가져가 붙였다.

"잠깐만 조용히 해봐, 이설아."

또 무슨 장난 아닌가 의심하는 윤이설을 지나쳐 민호는 놀이터 외곽 산책로 옆의 풀숲으로 걷기 시작했다. 뒤따라 움직이던 윤이설은 바람결에 '야옹' 하는 자그마한 울음소리가 들려오는 것을 느끼고 놀란 눈이 됐다. 바람에 나뭇잎이 스치는 소리와 거의 구별이 되지 않지만 분명히 고양이의 울음소리였다.

이 풀밭 어딘가에 고양이가 있었다. 그것도 목소리를 제대로 내지 못하는 아픈 것이 분명한 고양이가.

윤이설의 시선은 자연스레 놀이터의 정글짐 쪽을 향했다.

'어떻게 저기서 이 소리를 들은 걸까?'

민호가 종아리 높이의 풀들을 밀어내자 낙엽이 수북하게 쌓여 있는 공간이 나타났다.

"여기야."

민호는 그 안에서 미약하게 울고 있는 새끼고양이를 찾아냈다. 앙상하게 마른 몸의 새끼고양이는 숨쉬기가 버거운지 가슴이 쉴 새 없이 오르락내리락하는 중이었다.

야옹~~

민호의 손바닥에 올라와 아무것도 하지 못하고 그저 울기만 하는 새끼고양이.

"어머……."

금방이라도 숨을 멈출 것 같은 고양이의 모습에 윤이설은 순간 말을 잇지 못하고 눈물을 글썽였다. 울음소리가 마치 '살려주세요~ 살려주세요~' 하는 것 같았다.

"아직 숨은 붙어 있어."

민호는 윤이설의 앞에 섰다.

"이설아, 나 운전할 동안 얘 좀 안고 있어. 동물병원부터 가보자."

윤이설이 새끼고양이를 품에 안았다.

끼이익!

무서운 속력으로 질주해 부드럽게 미끄러지며 도로 한쪽에 멈춰선 클래식 카. 문이 열리고 민호와 윤이설이 뛰어나와 '포에버 동물병원'이라는 간판이 붙어 있는 건물로 들어섰다.

밤늦게 응급실을 운영할 만큼의 대형 동물병원을 찾아오느라 엄청난 속도위반을 했으나 민호는 개의치 않고 접수대로 뛰었다.

30분 후.

"영양실조로 위험했네요. 다행히 길고양이에게 흔히 발병되는 피부병은 없으니까 구충제만 먹이고 이틀 정도 경과를 두고 보면 잘 회복할 것 같습니다."

차도준이라는 이름표를 걸고 있는 수의사의 말에 민호와 윤이설은 동시에 안도의 한숨을 내쉬었다.

"접수처에서 사인만 하고 가시면 저희가 연락드리겠습니다. 이젠 크게 걱정하지 않으셔도 됩니다."

"감사합니다, 수의사님."

투명한 박스 안에서 안정적인 호흡을 보이고 있는 새끼고양이를 지켜보던 두 사람. 민호는 아직도 눈물을 글썽거리는 윤이설의 어깨를 토닥였다.

"괜찮다잖아."

"오빠가 발견 못 했으면 죽었을 거예요."

민호는 은은한 빛이 반짝이는 청진기를 목에 걸고 있는 차도준에게 시선이 머물렀다. 스물 후반쯤 됐을까? 젊어 보임에도 애장품을 지닐 만큼 동물에게 애정을 쏟는 수의사라면 실력 또한 좋으리라.

"저 수의사님이 무사히 치료 끝내주실 거야. 늦었으니 가자."

새벽 1시가 다 되어가는 시간이었기에 민호는 일단 윤이설을 집에 바래다주기 위해 밖으로 나왔다. 그리고 동물병원의 간판을 힐끔 바라보았다.

'포에버 동물병원이라.'

민호는 이틀 뒤에 꼭 방문해서 청진기 좀 만져 보게 해달라고 부탁해야겠다고 생각했다.

다음 날.

민호는 평소와 다름없이 준비해 공 매니저의 밴에 올라탔다가 날벼락 같은 소리를 들어야 했다.

"변경이요?"

"네, 저도 아침에야 소식을 들었습니다. 명목상은 청춘일지의 안방주인 이도진 씨가 영화 스케줄 때문에 자리를 급히 비웠다는 것인데. 사실 이런 경우는 미리 통보를 해주거든요."

"노렸다는 거군요."

"민호 씨가 정상적으로는 출연 안 하겠다는 의사를 밝혀서 몰카 형식의 꼼수를 부린 듯합니다. 지금이라도 말씀하시면 스케줄 거절은 가능합니다."

율치리에서 저녁식사를 대접받는 촬영 대신, 청춘일지의 구성원 걸세븐을 이끌 일일 MC가 되어야 하는 스케줄. 왠지 PD뿐만 아니라 이도진까지 자신을 속였다는 느낌이 강했으나 민호는 이제 와 공중파의, 그것도 시청률 잘 나오는 프로를 거절할 이유는 없다는 생각에 물었다.

"오늘 하루만인 거죠?"

민호가 거절하면 어쩌나 싶던 공 매니저의 얼굴에 화색이 돌았다.

"내일 새벽에 이도진 씨가 돌아온다고 합니다. 그때까지만 MC 역할을 해주시면 됩니다."

"그럼 하죠 뭐. 그깟 벼 베기 하루쯤이야."

"아. 오늘 일정은 율치리의 벼 베기가 아닙니다."

"네?"

"추수는 지난주에 이장님이 기계로 싹 끝내주셨고, 오늘은 겨울철에 율치리 하우스에서 동물을 기를 것을 대비해 사육사들과 함께한답니다. 용인 쪽 동물원에서요."

"도, 동물이요?"

가을 시기의 농사에 대한 건 혹시 몰라 공부해 두었으나 동물이라니. 청춘일지의 제작진은 만만치 않다. 민호는 순간 불안감이 일었다.

촬영 장소인 용인으로 떠나기 전, KG엔터의 사옥 앞에 밴이 멈춰 섰다. 민호는 메이크업 중인 오소라를 기다리며 휴대폰의 인터넷창을 열어 폭풍 검색을 시전했다.

"학명 Giraffa camelopardalis. 기린. 수컷 기린은 2~3마리의 암컷을 거느리고, 새끼들이 함께 작은 무리를 지어 산다. 아카시아의 잎과 작은 가지, 꽃, 열매, 풀 등을 먹으며……."

속사포처럼 중얼거리며 단숨에 외워나가는 민호. 중간에 숨이 가빠 헉헉거리는 것조차 최대한 자제했다. 이것은 동물원에서 주로 볼 수 있는 야생동물들에 대한 정보는 필히 숙지하고 가겠다는 집념이었다.

그런 민호를 무섭다는 듯이 쳐다보고 있던 김 코디는 창밖으로 고개를 돌렸다가 표정이 환해졌다.

"누나!"

드르륵.

밴이 열리고 사파리를 탐험하는 여행가라도 된 듯 베이지색 반코트와 반바지를 차려입은 오소라가 올라섰다.

"공 매니저님, 민호 오빠, 시완아. 모두 하이~"

오소라의 인사에 휴대폰에서 시선을 돌린 민호는 마치 동물원에 갈 것을 알고 있었던 것처럼 맞춤 코디를 해온 그녀를 보며 눈이 커졌다.

"소라, 너……."

"짜잔~ 서프라이즈."

목에 걸고 있는 미니 망원경으로 먼 지점을 탐사하는 듯한 포즈를 잡는 오소라. 민호는 그녀의 천연덕스러움에 어이가 없어 코웃음을 치고는 이마에 꿀밤을 먹였다.

"아야."

앉자마자 머리를 부여잡으며 오소라가 눈을 치켜떴다.

"왜요, 왜!"

"와서 저녁만 먹으면 된다며?"

"그거야, 뭐……. 아침은 든든히 드셨죠?"

오소라는 할 말이 없어지자 되묻는 것으로 대꾸했다. 그리고 그 즉시 민호의 꿀밤 연타가 날아오는 것을 보고 눈을 질

끈 감았다.

"PD님이 시켰다고요!"

민호는 오소라의 이마 앞에 멈춰선 손을 내리며 한숨을 쉬었다.

"됐다. 이제 와 따져봤자 늦었어."

다시 휴대폰을 들어 자료를 들여다보기 시작했다.

밴이 출발하고, 공부 중인 민호를 흘끔 바라본 오소라는 그의 입술에 눈길이 머물렀다. 광고 촬영 이후 오랜만에 보는 민호의 입술은 그때나 지금이나…….

'탐스러워.'

라고 생각한 오소라는 얼굴이 급격히 달아올라 고개를 휘휘 저었다. 하늘만 알고 있는 그날의 심장 콩닥거리는 비밀이 자꾸만 머릿속에 떠올랐다.

"소라 누나."

"아니야, 아니야. 지워, 지워."

"저기 소라 누나……."

김 코디는 화들짝 고개를 돌리는 오소라의 반응에 덩달아 놀란 표정이 됐다. 오소라는 급히 미소를 띤 얼굴로 말했다.

"왜, 시완아."

"이번에 찍은 광고 보니까 누나 대단하시던데요."

"그랬어? 후후. 내 매력이 좀 터졌지?"

"액션 장난 아니었어요. 민호 형도 날아다녔지만 누나도 진짜 화끈하게 싸우더라고요."

"나랑 민호 오빠는 거기 액션감독님이 시킨 것만 따라 한 것뿐이야."

"유명한 분인가 봐요?"

"홍콩영화에서 무술감독 하신 분인데 이름이 송, 송……."

눈썹을 긁적이며 기억을 더듬던 오소라에게 휴대폰을 쥐고 공부 중이던 민호의 무심한 한마디가 날아들었다.

"송도하."

"맞다, 송도하 감독님. 오빠한테는 나중에 영화도 같이 찍자고 하지 않으셨어요?"

"그랬나?"

오소라는 민호를 바라보았다. 민호는 휴대폰을 터치해 빠르게 넘길 뿐 그녀 쪽은 시선조차 두고 있지 않았다. 완전히 집중해서 공부하고 있는 자세였다.

"민호 오빠."

"응?"

"뭘 보는 거예요?"

"야생동물 정보."

오소라는 민호가 '식육목 고양이과'라느니 '수컷의 단거리 시속 80㎞'라느니 하는 말을 중얼거리면서도 그녀의 물음에

꼬박꼬박 대답해 주는 것이 이상하여 또 물었다.

"무슨 동물이요?"

"Panthera leo."

"파, 판트라?"

"사자 학명."

민호는 대답하면서 동시에 '무리를 짓는 습성 때문에 공동체 의식이 강하다'라고 중얼거렸다.

오소라는 대화를 하는 건지 공부를 하는 건지 도통 구별이 되지 않는 민호의 상태에 고개를 갸웃했다. 대놓고 무시한다면 집중해서 그렇다고 할 법하건만, 지금 민호는 몸이 두 개인 것처럼 반응했다.

"오빠."

"응?"

"뭐 해요?"

"공부."

"지금 뭐 보는데요?"

"Papio. 개코원숭이."

보통 사람은 이해 못 할 행동을 하는 천재가 나오는 영화 속 한 장면을 지켜보고 있는 기분이었다. 오소라는 신기한 기분을 느끼며 계속해서 이런저런 이야기를 물어보았다.

운전 중이던 공 매니저가 백미러를 통해 오소라와 민호를 살펴보고는 웃으며 말했다.

"민호 씨, 요즘 뭔가에 빠지면 매번 저러십니다."

"괜찮은 거 맞죠?"

"그럼요. 얘기한 건 다 기억하시니 신경 안 쓰셔도 됩니다."

오소라는 공부 중인 민호를 잠시 넋 놓고 지켜보았다. 그렇게 3분 정도 흘렀을까? 민호가 갑자기 고개를 돌렸다.

눈이 마주치자 괜히 움찔 긴장하는 그녀에게 민호가 입을 열었다.

"그러고 보니 청춘일지에는 도진이 형 말고도 남자 출연자 하나 더 있었잖아. 삼촌 역할 하는. 저번에도 그 사람 어디 가서 대타로 나간 거였잖아. 그 사람이 일일 MC 하면 되지 않아?"

"현우 오빠요?"

"맞아. 진현우였었나?"

"군대 가셨어요. 보름 전에."

오소라의 대답에 민호는 순간 침묵했다. 입대하는 남자에겐 아무것도 묻지 말고, 섣부른 위로도 하지 말아야 한다. 그저 등을 두드려 주며 덜 힘든 2년이 되길 빌어주는 수밖에.

"뭐야 그럼? 세컨 MC 없이 도진이 형 혼자 하고 있었어?"

"그런 셈이죠."

"그 와중에 나를 부른 거고."

민호는 아무리 생각해도 의심스러워 오소라의 눈을 직시했다.

"바른대로 말해봐. 어디서부터 계획한 거야?"

"모, 몰라요."

민호는 시선을 회피하는 오소라의 턱을 붙잡아 돌렸다. 바로 옆 좌석인 터라 눈과 눈이 한 뼘 정도의 사이를 두고 가까워졌다.

"동공 마구 떨려. 거짓말해서 얼굴도 막 붉어지고."

당연히 그럴 수밖에. 지난번 몰래 훔쳐 버린 입술이 코앞에 있으니까. 오소라는 속을 진정시키며 아니라는 듯 고개만 흔들었다.

"나 쉽게 보지 마. 몰카 같은 거 절대 안 당한다. 미리 말해두면 방송 재미를 위해서 당하는 척해 줄게. 어서 불어."

"그것 때문 아니라고!"

발끈한 오소라는 민호의 손을 뿌리치고 고개를 휙 돌렸다. 그리고 두근거리는 가슴을 쓸어내렸다.

용인에 있는 대형 테마파크 '포에버랜드'의 정문에는 평일임에도 많은 사람으로 북적였다. 가을 소풍을 나온 학생들을 비롯해 손을 꼭 붙잡고 데이트 중인 연인들까지.

민호는 이런 곳에 놀러 와 본 기억이 중학교 이후로 처음임을 떠올리고 사방을 구경하기 바빴다.

멀리서도 눈에 띄는 어마어마한 높이의 자이로드롭은 보는 것만으로도 정신이 아찔했고, 놀이공원 전통의 롤러코스터와 바이킹에서는 기쁨과 두려움의 환호 소리가 끝없이 흘러나왔다.

"에휴, 좋겠다."

그러나 지금은 그림의 떡. 오늘 목적지는 저곳이 아니었다. 부러운 시선으로 놀이공원 안쪽을 지켜보던 민호는 한쪽에 보이는 'ZooPia'라는 동물원 구획에 시선이 머물렀다.

입구에는 촬영 장비를 세팅 중인 스태프들로 가득이었고, 몇몇 눈에 익은 VJ도 보였다. 자신을 따라 축사에 들어갔다가 헤롱거리며 나왔던 VJ가 눈인사를 건네 왔다.

"감독니임~"

옆에서 걷던 오소라는 바로 조명감독에게 뛰어가 햇빛 짱짱한 날의 반사판 각도에 대한 심도 있는 논의를 나누기 시작했다.

촬영 예정 시각인 오전 10시가 다 되어서인지 출연진 전원이 와 있었다.

걸그룹 3대장으로 불리는 에이크릿의 정효림, 김선화. 레인카라의 구하연, 배지숙. 걸스미닛의 윤승지, 민혜리. 여기에 신흥 아이돌로 주가를 올리는 중인 펑키라인의 오소라까지. 저들 7명을 모아 청춘일지의 걸세븐이라 부른다.

"민호 오빠아!"

병원 다큐 예능을 함께했던 구하연이 민호를 발견하자마자 싱글거리며 달려왔다. 구하연도 사파리 탐험 복장이었기에 민호가 물었다.

"너도 나 속아서 온 거 알고 있었어?"

"그게요, 오빠."

구하연은 혀를 쭉 내밀며 웃는 것으로 대답을 대신했다. 민호가 추궁하는 눈길을 보내자 구하연은 제작진 쪽을 슬쩍 살피더니 몰래 속삭였다.

"저도 뭘 하는지는 모르는데 작가 언니한테 들어보니까 나PD님이 벼르고 있대요."

민호는 스태프들을 진두지휘 중인 청춘일지의 총괄 PD 나영광을 보며 '동물원 체험이 힘들어 봤자'라는 생각으로 불안감을 억눌렀다.

"참, 다음 주에 '메디컬 24시' 1화 촬영 스케줄 잡혔던데 너도 와?"

"가요!"

"힘들어서 다신 안 할 거 같더니."

자신이야 애장품이 널려 있는 장소를 마음껏 누빌 수 있는 프로를 마다할 이유는 없다지만, 고등학생에 불과한 구하연이 그 고통의 24시간을 또 경험하겠다고 결정한 것은 기특해 보였다.

"장하네."

"헤헤."

구하연은 어깨를 으쓱하며 머리를 쓰다듬어 달라는 듯 민호에게 한 발짝 다가섰다.

"소속사에서 민호 오빠 옆에 있으면 대박 날 거라고 꼭꼭 붙어 있으래요."

"무슨 얘기 중이야?"

조명감독과 반사판 각도 합의를 끝마친 오소라가 다가왔다.

"저 민호 오빠랑 방송하는 거 하나 있잖아요. 그거 계속 같이 할 거라고요."

구하연이 이렇게 말하며 민호의 왼팔에 그녀의 팔을 감았다.

"고정이랍니다!"

오소라는 그 친근함에 절로 눈이 치켜떠졌으나 비키라고 말하지 않는 여유를 가졌다. 저거야말로 친한 오빠 동생 그 자체. 이미 입술까지 훔친 그녀와는 비교할 수 없이 얇은 관계일 뿐이다.

"민호 오빠. 오랜만이에요."

"어, 선화야."

"오늘 잘 부탁해요."

"응, 승지야."

걸세븐 멤버가 하나둘 모여들었다. 오프닝을 위해 메이크업을 꽉 갖춘 그녀들은 하나같이 자체발광 미모를 뽐냈다. 민호는 어딜 봐도 눈이 호강하는 느낌에 입가에 그도 모르게 미소가 그려졌다.

'이거, 이거…….'

이 시대 인기 걸그룹의 총집합. 민호는 다른 건 몰라도 그녀들 틈에 서 있는 것 하나만큼은 행복하다는 생각이 들었다. 하지만 지난번 촬영 때도 이런 기분이 들었다 오프닝 시작 직후 증발해 버린 사실을 기억하고 있기에 너무 행복에 취하진 않았다. 곧 깨어날 꿈만큼 허무한 것도 없으니까.

지이잉.

걸세븐 틈에서 10시가 되길 기다리던 민호는 휴대폰이 울리며 발신인에 '이도진'이 떠 있는 것을 보고 얼른 통화를 눌렀다.

–민호야.

"도진이 형."

–미안하게 됐다. 촬영 일정이 빠듯해서 내일에나 도착할 거야. 내가 나중에 한턱 꼭 사마.

"뭐, 엎질러진 물인걸요. 염려 놓으시고 영화 잘 찍으세요."

–그 지옥에 널 혼자 놔둬야 하다니. 나 PD가 심하게 압박하면 바로 나한테 전화해.

통화가 끝났다.

'지옥?'

민호의 시선은 발랄한 기운이 뭉게뭉게 피어오르고 있는 놀이공원을 향했다. 아무리 봐도 낙원이지 지옥처럼 보이지 않는 공간. 저곳에서 어떤 일을 경험할지는 아직 오리무중이었다.

'애장품이나 발견할 수 있으면 좋으련만.'

to be continued

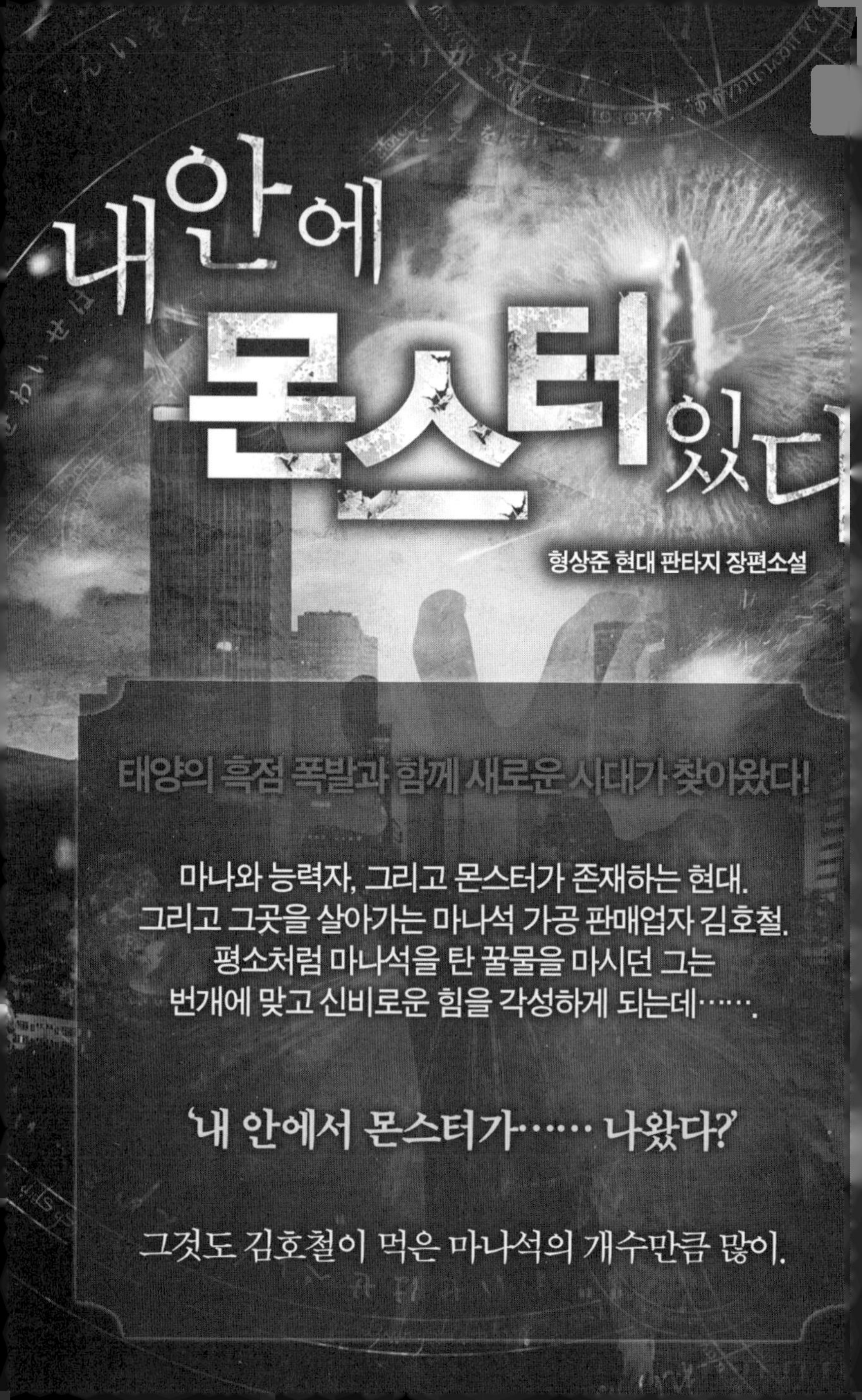
내 안에
몬스터 있다
형상준 현대 판타지 장편소설
태양의 흑점 폭발과 함께 새로운 시대가 찾아왔다!
마나와 능력자, 그리고 몬스터가 존재하는 현대.
그리고 그곳을 살아가는 마나석 가공 판매업자 김호철.
평소처럼 마나석을 탄 꿀물을 마시던 그는
번개에 맞고 신비로운 힘을 각성하게 되는데…….
'내 안에서 몬스터가…… 나왔다?'
그것도 김호철이 먹은 마나석의 개수만큼 많이.

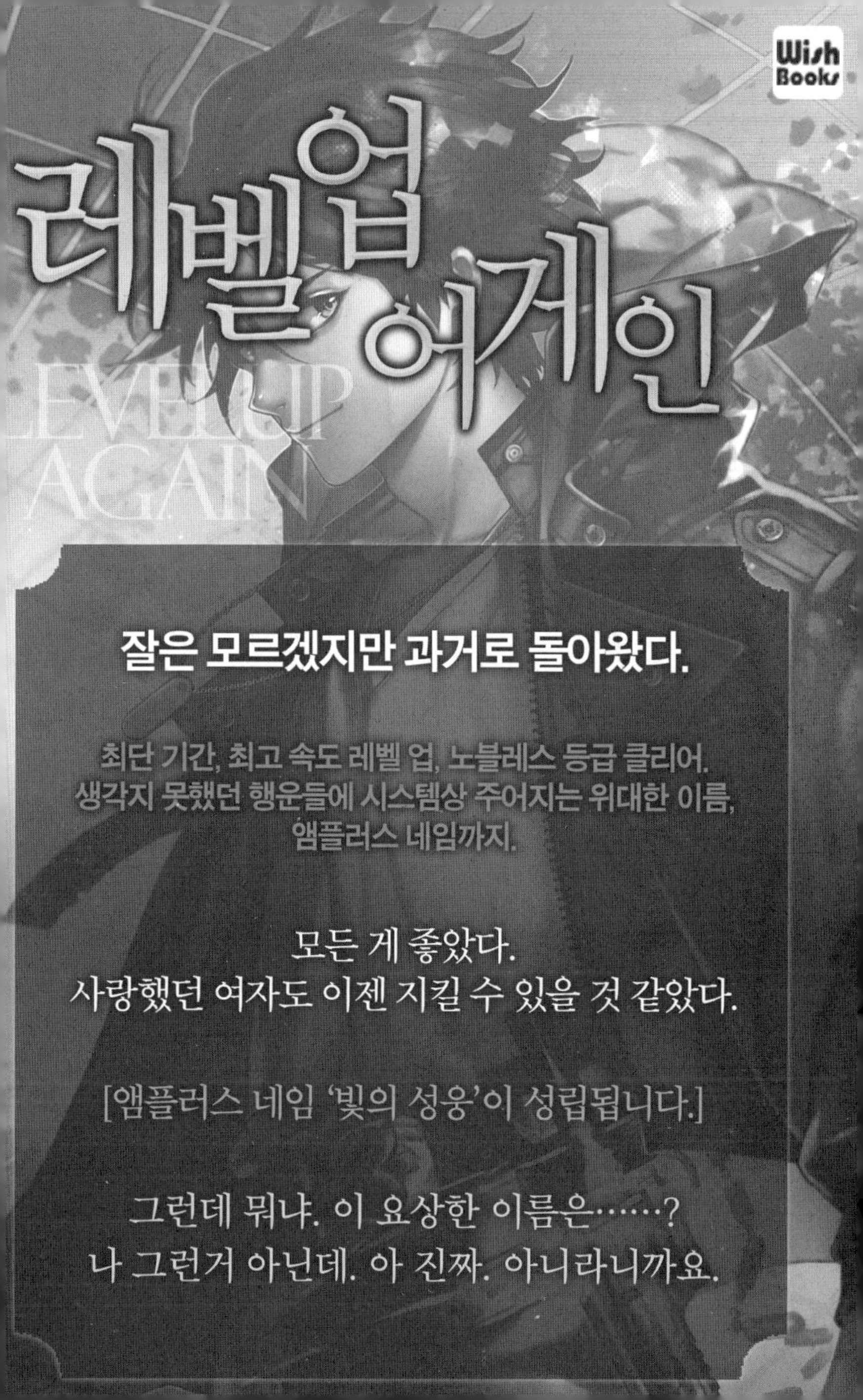
Wish Books
레벨업 어게인
LEVEL UP AGAIN
잘은 모르겠지만 과거로 돌아왔다.
최단 기간, 최고 속도 레벨 업, 노블레스 등급 클리어.
생각지 못했던 행운들에 시스템상 주어지는 위대한 이름,
앰플러스 네임까지.
모든 게 좋았다.
사랑했던 여자도 이젠 지킬 수 있을 것 같았다.
[앰플러스 네임 '빛의 성웅'이 성립됩니다.]
그런데 뭐냐. 이 요상한 이름은……?
나 그런거 아닌데. 아 진짜. 아니라니까요.

Wish Books
포텐
POTENTIAL
어떤 사물에는 그것을 오랜 기간 사용한
사람의 잠재된 능력이 고스란히 담긴다.
그리고 난 그것을 사용할 수 있다.
천재 디자이너, 죽은 이도 살리는 명의,
감성을 울리는 피아니스트, 바람기 가득한 첩보원.
그 누구라도 될 수 있다. 단, 애장품만 있다면!
달인의 눈으로 세상을 바라보는,
유쾌한 민호의 더 유쾌한 애장품 여행기!

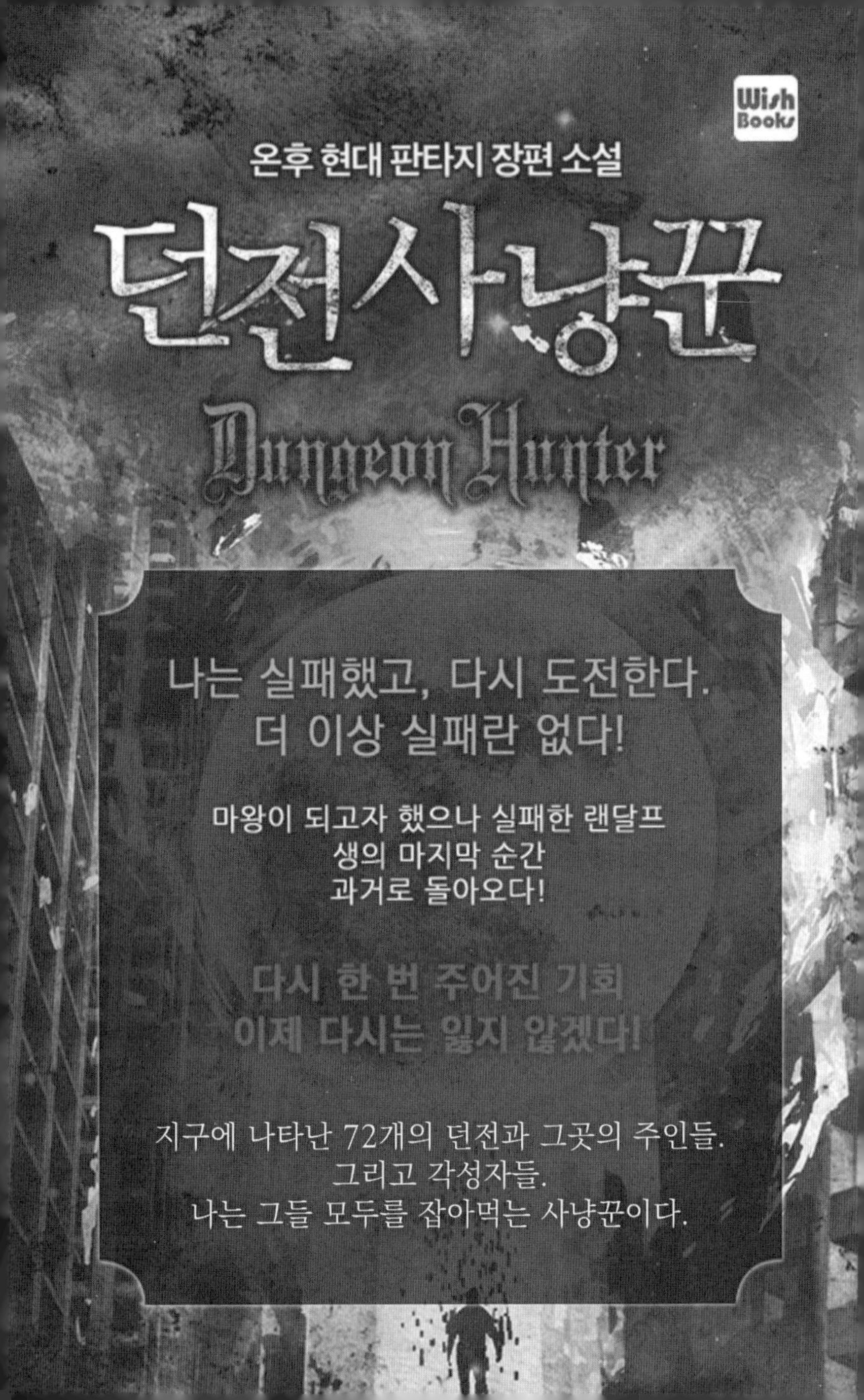
Wish Books
온후 현대 판타지 장편 소설
던전사냥꾼
Dungeon Hunter
나는 실패했고, 다시 도전한다.
더 이상 실패란 없다!
마왕이 되고자 했으나 실패한 랜달프
생의 마지막 순간
과거로 돌아오다!
다시 한 번 주어진 기회
이제 다시는 잃지 않겠다!
지구에 나타난 72개의 던전과 그곳의 주인들.
그리고 각성자들.
나는 그들 모두를 잡아먹는 사냥꾼이다.

반자개 장편 소설
WISHBOOKS MODERN FANTASY STORY
Wish Books
건축의 신
누구도 내딛어 보지 못한
그 한 걸음을 내딛는 자!
평범한 가구 회사에 다니던 성훈
그러던 어느 날,
사고로 인해 20년 전으로 돌아왔다!
다시 시작하는 삶.
절대로 헛되이 보내지 않겠다!
세계 최고의 건축가가 되기 위한
성훈의 활약이 펼쳐진다!

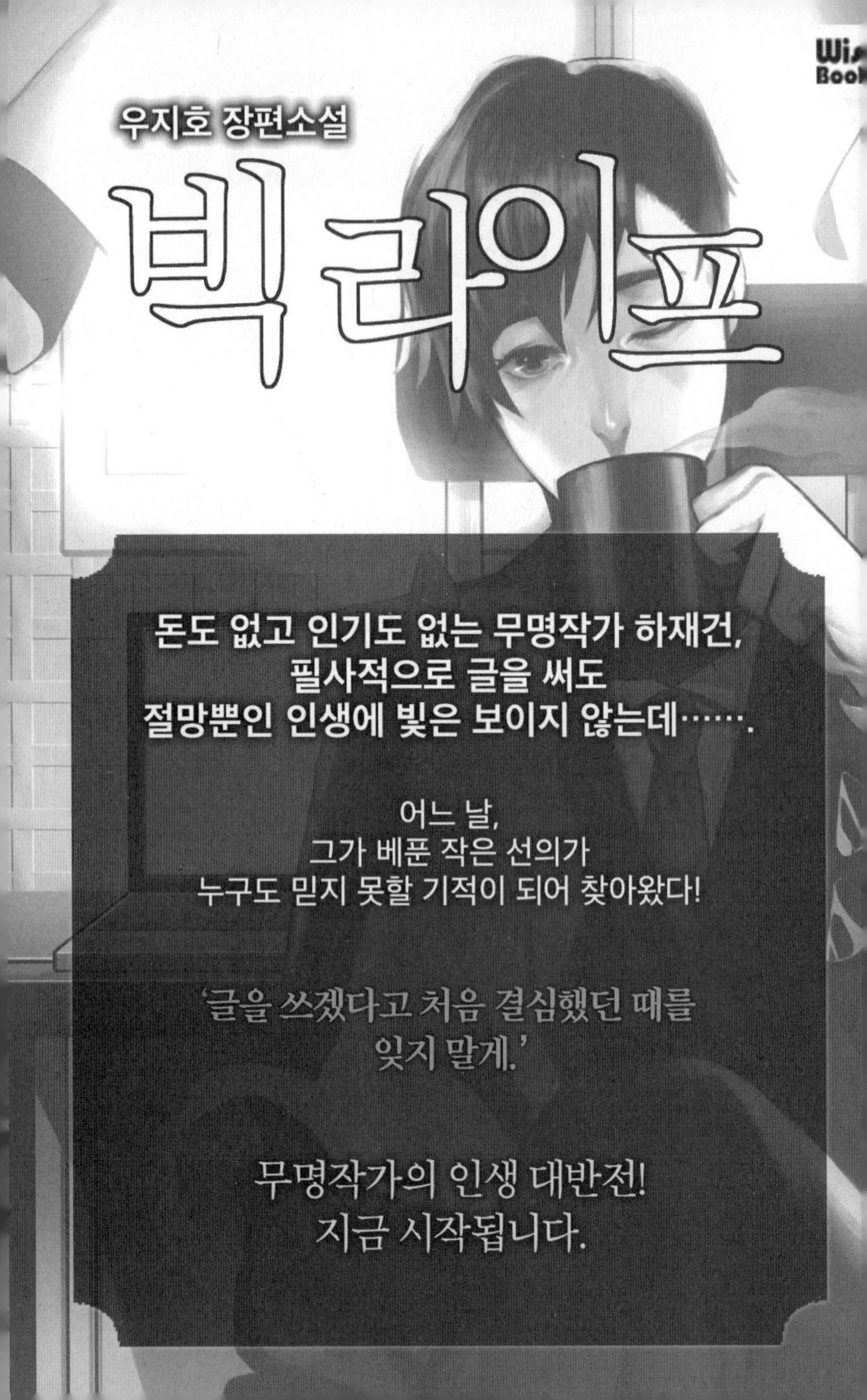
우지호 장편소설
빅 라이프
돈도 없고 인기도 없는 무명작가 하재건,
필사적으로 글을 써도
절망뿐인 인생에 빛은 보이지 않는데…….
어느 날,
그가 베푼 작은 선의가
누구도 믿지 못할 기적이 되어 찾아왔다!
'글을 쓰겠다고 처음 결심했던 때를
잊지 말게.'
무명작가의 인생 대반전!
지금 시작됩니다.